Ralf Neubohn

Michael Kerawalla

Abschiedsvorstellung für die Gartenschau

Ralf Neubohn

Michael Kerawalla

Abschiedsvorstellung für die Gartenschau

Bibliografische Information der Deutschen Nationalbibliothek
Die Deutsche Nationalbibliothek verzeichnet diese Publikation
in der Deutschen Nationalbibliografie;
detaillierte bibliografische Daten sind im Internet
über www.dnb.de abrufbar.

Copyright © Ralf Neubohn 2019

Herstellung und Verlag: BoD – Books on Demand, Norderstedt

ISBN: 978-3-7357-9283-9

Inhalt

Vorwort des Herausgebers Ralf Neubohn..........7
2.Vorwort..........8
Ralf Neubohn: Die Katze..........10
Misteriöses Ereignis..........11
Der Weihnachtsmann auf der Gartenschau..........13
Seeromantik..........14
Heisse Dates..........16
Das große Ereignis..........17
Helden..........20
Das Schwabenwunder..........21
Michael Kerawalla: Waisenkind: Verzweiflung..........22
Waisenkind: Das Haus am Waldrand..........25
Waisenkind: Unterwegs..........43
Waisenkind: Geständnisse..........58
Nachwort..........67
Über den Autor Ralf Neubohn..........68
Lesetipp: Der Roman..........69
Zurück zu den Wurzeln..........70
Lesetipp: Computerexpertin Petrulia..........71
EOCXTE - CD Shop..........73
Besuch auf der Gartenschau..........74
Lesetipp: Das Gartenschauwunder..........75
Überraschung!..........77
Reizende Reise..........78
Der Banküberfall..........80
Die beiden Gartenschauen..........81
Gartenschauromanze..........82
Gratulation..........83
Nachts in der Gartenschau..........84
Der Schrecken der Gartenschau..........86
Lesetipp: Sensation..........88

Mooropfer?.. 89
Rätselhafte Wunder..91
Freude.. 92
Gartenschau Trilogie...93
Große Anerkennung...95
Lesetipp: Drama um Herrn Besser-Weiss................96

Vorwort des Herausgebers Ralf Neubohn

16 Städte und Gemeinden unterstützen die Gartenschau an der Rems. Das ist eine sehr beachtliche Leistung. Mit dabei sind derzeit: Böbingen, Essingen, Fellbach, Kernen im Remstal, Korb, Lorch, Mögglingen, Plüderhausen, Remseck, Remshalden, Schorndorf, Schwäbisch Gmünd, Urbach, Waiblingen, Weinstadt, Winterbach.

Sie haben Vorbildliches geleistet.

Auch die Städte Heilbronn und Ingolstadt haben ein wunderbares Konzept für ihre Gartenschauen erstellt.

Um diese wunderbaren Gartenschauen indirekt zu unterstützen habe ich mein Projekt „Gartenschau Triologie" gestartet, in der drei ganz unterschiedliche Bücher zu diesem Themenkreis erscheinen.

Viel Spaß beim Lesen!

Ihr Ralf Neubohn

2. Vorwort:

Die Gartenschauen finden wir so gelungen und für die Bürger wichtig, dass aus der geplanten Trilogie inzwischen nun sogar 10 Bände werden. Das ist so viel Arbeit, dass man in England aus Anerkennung für diese Leistung wohl geadelt oder sonst wie geehrt würde. In Deutschland muss man sich leider mit dem Gefühl begnügen, eine gute Sache mit allen seinen Kräften unterstützt zu haben.

Um für jeden Geschmack etwas zu bieten, haben die Gartenschaubände verschiedene Formen der Umsetzung. Es gibt heitere Bände, Krimis, eher sachliche Bücher usw.

Es sind bereits erschienen bzw. erscheinen noch:

Humorvolle Bücher mit leichtem Fantasyeinschlag:

„Flammenfeder live von der Gartenschau", „Gartenschau Phantasie", „Die Gartenschau im Rampenlicht", „Gartenschau Magie".

Bücher mit Kurzkrimis und / oder schwarzen Humor:

„Die Gartenschau-Morde", „Tod auf dem Kaktus", „Neues vom 1. April, dem Waiblinger Altstadtfest und der Gartenschau".

Bücher mit eher informativen und leicht humorvollen Texten:

„Herzlich Willkommen Gartenschau", „Galaabend für die Gartenschau", „Abschiedsvorstellung für die Gartenschau".

Es würde uns sehr freuen, wenn Sie an den Bänden viel Freude haben und diese aus ganzem Herzen weiterempfehlen, damit auch andere Freude daran haben können.

Vielleicht sehen wir uns ja einmal auf der Gartenschau?

Bis dann, Ihr Ralf Neubohn

Ralf Neubohn

Die Katze

Bei einer der Gartenschauen lief ich eines Abends im Dunklen spazieren und kam dabei über eine schwarze Katze zu Fall. Schwarze Katzen bringen ja bekanntlich Unglück, wenn sie einem über den Weg laufen.

Wenn man über sie stolpert erst recht. Ich weiß nicht, wer mehr erschrocken war: Ich beim Stürzen oder die arme Katze, als sie ein langhaariges Etwas über sich fallen sah. Wie dem auch sei: Katzen haben bekanntlich sieben Leben und ihr geschah deshalb nicht viel.

Ich schlug mir den Kopf an einem Baum an und bekam zwei sehr, sehr große Beulen.

Als mich später ein paar Spaziergänger sahen, ein haariges Ding mit zwei Hörnern, riefen sie entsetzt:
„Ein grausiger Wolpertinger!"
„Nein, ein schrecklicher Yeti!"

Nun wissen die geneigten Leser, wie die Legenden über Yetis und Wolpertinger wirklich entstanden.

Mysteriöses Ereignis

Während der Gartenschau hatte die an der Rems gelegene Buchhandlung Thörchen Wotanli ein schönes Schaufenster, speziell für die Gartenschau liebevoll gestaltet.

Doch eines Nachts brach dort ein unglaublicher Frevler ein! Dieser begann sämtliche Bücher aus dem Schaufenster in eine Altpapiertonne zu werfen. Da er von der schweren Arbeit hungrig wurde, ging er wenige Meter zu seinem Fast Food Stammlokal und kaufte sich dort mit seiner goldenen Kundenkarte einen reichhaltigen Imbiss, den er dann kurz darauf im Schaufenster der Buchhandlung schlemmte.

Allerdings bekam ihm das Essen gar nicht, so dass er gegenüber der Buchhandlung in eine Apotheke ging, die gerade Nachtdienst hatte. Dort holte er sich mit einem paar Tage alten Rezept seines Hausarztes ein verschreibungspflichtiges Magenmittel.

Dies nahm er dann ins Schaufenster zurückgekehrt ein, bevor er weiter dort ausräumte.

Ein örtlicher Lesungsveranstalter kam vorbei, ertappte ihn auf frischer Tat und eilte zu einer Telefonzelle, um die Polizei anzurufen. Da es in dem betreffenden Ort allerdings nur noch wenige Telefonzellen gab, dauerte es sehr lange, bevor er eine fand.

Wie der Lesungsveranstalter der Polizei mitteilte, kannte er den Täter nicht, sah diesen vorher noch nie.

Dieser rätselhafte Anonyme legte inzwischen das nun völlig leere Schaufenster mit Werbezetteln und Büchern des örtlichen Buchautoren Ludwig P. Lesi-Les aus, welcher unter dem weiblichen

Pseudonym Carolale Lesebärlinchen Natur- und Gartenschaubücher schrieb.

Beim Aufhängen von Fotografien der bärtigen Lesebärlinchen verletzte sich der völlig Unbekannte so schwer, dass er stark blutend fliehen musste. Auf der Flucht verlor der geheimnisvolle seinen Führerschein und hinterließ eine lange, ununterbrochene Blutspur. Bis heute gibt es keinen Anhaltspunkt, wer der Täter gewesen sein könnte.

Ein wahrhaft mysteriöses Ereignis.

Der Weihnachtsmann auf der Gartenschau

Auf dem Gartenschaugelände rief ein kleines Kind voller Freude: „Schau mal Mami, der Weihnachtsmann!"

Die Mutter tadelte das Kind: „Aber Harold! Der Weihnachtsmann kommt erst im Dezember! Doch nicht jetzt schon!"

Doch das Kind blieb hartnäckig: „Bestimmt besucht er öfters Gartenschauen. Er muss ja schließlich in seiner Freizeit irgendwas machen. Mensch, wie viele Bücher er mit sich trägt!"

Nun hatte auch die Mutter den Weihnachtsmann erspäht. Unglaublich, es gab ihn also wirklich! Vor ihnen lief er mit seinem roten Mantel, der Mütze und vielen Buchgeschenken in der Hand. Nicht zu fassen!

Noch jahrelang erzählte sie allen Menschen, wie ihnen der Weihnachtsmann auf der Gartenschau über den Weg lief. Es fehlte nicht viel und man hätte die arme Frau in eine Anstalt eingewiesen.

Was Muter und Kind nicht wissen konnten: Die Gestalt war gar nicht der Weihnachtsmann gewesen, sondern Ralf Neubohn. Beladen mit Büchern für seine Lesung und noch in Bademantel und mit Schlafmütze bekleidet, weil er mal wieder verschlief. Alte Greise wie er brauchen eben viel Schlaf.

Seeromantik

Beim See am Hallenbad stand eine Lesung an. Der vortragende Autor Ludwig Lesi-Les wollte nicht wie seine Kollegen in den letzten Wochen an Land lesen, sondern von einem Boot auf dem See aus. Das Publikum sollte dort auf der Mauer mit den Gesichtern zum See sitzen.
Er mietete ein Ruderboot bei einem Verleih und versuchte es am Lesungstag mit Bekannten zusammen zum Ort des Geschehens zu tragen. Doch ach, das nasse, schwere Boot rutschte ihnen immer wieder aus den Händen, während die Zeit davon flog. Lesi-Les sah ein, dass es so nicht mehr rechtzeitig zu schaffen ging. Aber was tun? Die Lesung vom Boot aus stand überall in den Zeitungen angekündigt! Fiel sie aus, so war er bis auf die Knochen blamiert! Da kam ihm die rettende Idee: daheim lag in seinem Keller noch ein Schlauboot vom letzten Urlaub. Sofort eilten sie zu ihm heim, holten das zusammengefaltete Schlauchboot und rannten damit in größter Eile zum See. Die Uhr rückte gnadenlos vorwärts. Würde die Zeit zum Aufblasen des Bootes reichen? Da sie vom Rennen atemlos waren, ging das Aufblasen nur sehr langsam voran. Die ersten Lesungsbesucher erschienen inzwischen. Mit seinen letzten Atemkräften schaffte er das Aufblasen doch noch rechtzeitig! Sie ließen das Boot zu Wasser, der Autor stieg ein und wollte mit lesen anfangen. Wollte, aber es klappte nicht. Vom Rennen und Boot aufblasen war er zu sehr außer Atem Das Publikum begann zu buhen. Die ersten Besucher gingen wieder, bevor er loslegen konnte. Doch den inzwischen ruhigen verbliebenen Zuhörern las Lesi-Les seine besten und witzigsten Texte vor. Doch keiner lachte oder klatschte. Allmählich wurde der Autor nervös, suchte immer bessere Texte aus, doch an Land regte sich nichts. Die Zuhörer blieben stumm. Mit zitternden Händen zündete er sich eine Zigarette an, um seine Nerven zu beruhigen. Während des Lesens fiel ihm diese unbemerkt

ins Schlauchboot, brannte ein Loch in den Plastikboden, so dass er wie ein Kapitän mit seinem Schiff unterging. Das Publikum raste vor Begeisterung, klatsche und lachte ohne Ende. Zum ersten Mal in seinem Leben forderten seine Zuhörer eine Zugabe, als er nass und voller Algen aus dem Wasser stieg.

Im Publikum saß die Autorin Berta Babbelbergle und dachte verächtlich: „Wie kann jemand nur so blöd sein! Ich werde es nächste Woche viel besser machen, als dieser Schwachkopf!"
Am Tag ihrer Lesung saß sie bereits in ihrem Schlauchboot, als die Zuhörer erschienen. Im Gegensatz zu ihrem Kollegen von neulich, war sie voll bei Stimme und trug keine Zigaretten bei sich.
So standen die Chancen für eine erfolgreiche Lesung sehr gut. Eigentlich. Aber der Wind trieb das Schlauchboot immer weiter vom Ufer weg, so dass die Zuhörer sie schließlich nicht mehr hören konnten. Da Berta Babbelbergle nur nach vorn zu ihrem Publikum sah, merkte sie leider nicht, dass der Wind sie langsam aber sicher ins Schilf trieb. Ins Schilf, in dem gerade die Wildenten und Schwäne brüteten. Als das Boot dort in ihr Brutgebiet eindrang, attackierten diese natürlich sofort Boot und Autorin. Welcher die Flucht nur schwer blessiert gelang.
Das Publikum tobte vor Begeisterung über diese hochdramatische Einlage und schwor sich nach zwei so unterhaltsamen Lesungen künftig keine einzige mehr zu verpassen und die Lesungen komplett per Handy oder Kamera aufzunehmen.

Wenn Sie mal auf der Gartenschau großen Horden von Leuten mit Fotoapparaten, Filmkameras und Stativen begegnen, sind diese wohl auf dem Weg zur Lesung am See.

Heisse Dates

Dieter Dietrich Demenzle vereinbarte mit Sonja Senili ein Rendezvous auf der Gartenschau. Leider kann darüber aus nahe liegenden Gründen nichts näheres berichtet werden. Sie vergaßen beide den Termin. Oh, weh!

Während es beim Stadtbekannten Schmalspurromeo Don Juan dela Rendezvous und Caroline Casanovalinchen klappte. Allerdings fing das Date nicht besonders hoffnungsvoll an. Sie schnupperte und fragte: „Hast Du ein neues Deodorant?"
Don Juan freute sich über ihr Interesse und antwortete stolz: „Ja, es heißt Sommerlandluft!"
Caroline erwiderte würgend: „Ach, daher der Geruch nach Jauchegrube, wobei das Deodorant auch Kanalduft, Knoblauchwonne oder Stinktierromanze heißen könnte."

Ich will es nicht beschwören, aber es scheint fast, als habe an dieser Stelle ihre Beziehung aus unerfindlichen Gründen einen kleinen Knacks bekommen. Wenn sie das Pärchen auf der Gartenschau sehen, ging doch noch alles gut, wenn nicht, wurde die ursprüngliche Zuneigung hinweggeduftet.

Das große Ereignis

Immer wieder bitten mich Leser meiner verschiedenen Gartenschaubücher ausführlich darüber zu schreiben, warum ich so von der Gartenschau begeistert bin.

Eigentlich habe ich es schon sehr oft getan. Z.B. in „Galaabend für die Gartenschau". Aber nun denn, hier das Wichtigste in Kürze, was sich zum Teil auch mit anderen Texten von mir in diesem heutigen Buch überschneiden wird.

Ich finde es eine sehr große, beachtliche Leistung, dass sich 16 Städte und Gemeinden an der Rems zu einem gemeinsamen Projekt zusammengefunden haben. Wer von den Lesern Mitglied in einem großen Verein ist, weiß sicherlich, wie schwer es oft ist, so viele verschiedene Meinungen unter einen Hut zu bringen. Und hier wird es bestimmt auch nicht ganz leicht gewesen sein.

Alle 16 Städte und Gemeinden haben sich viel zur Gartenschau einfallen lassen und zahlreiche der Projekte sind sehr nachhaltig. Dies will ich am Beispiel Waiblingen näher erläutern.

Die Gehwege auf der Talaue wurden erneuert, zusätzlich Sitzmöglichkeiten geschaffen. Es entstanden die Remsterrassen, die Kunstlichtung, der Kletterpark, die neue Skateranlage usw. Alles Dinge, von denen die Bürger noch in vielen Jahren etwas haben. Es wurde also auf Nachhaltigkeit wert gelegt.

Genauso nachhaltig könnte sich auch das Kultur- und Sportangebot auswirken, da die Bürger auf dem Gartenschaugelände mit den verschiedensten Projekten in Berührung kommen und vielleicht für sich die eine oder andere Sportart oder einen neuen Künstler entdecken.

Dies kann leicht geschehen, da es ein sehr gutes, äußerst abwechslungsreiches Rahmenprogramm der Gartenschau gibt.

Das Ganze ist von den Verantwortlichen der Stadt sehr vorausschauend geplant. Eine Investition für die Zukunft. Denn die Bürger haben nicht nur den Nutzen von den Baumaßnahmen und dem Kultur- und Sportprogramm, sondern auch von dem touristischen Schub, den die Region bekommt.

Bei den vorbereitenden Treffen zur Gartenschau waren außer den sehr professionellen Verantwortlichen der Stadt auch viele ehrenamtliche Bürger zugegen, die sich mit ganz wunderbaren Ideen und Projekten einbrachten.

Alle Anwesenden bei den Vorbereitungstreffen zur Gartenschau hätten für ihren großen Einsatz einen Engagements- oder sonstigen Ehrenpreis verdient.

Ein großer Vorteil ist es für die Bürger auch, dass fast alle Projekte keinerlei Eintritt kosten. So gibt es also meistens monatelang Blumen, Kultur und Sport umsonst.

Herzlichen Dank auch den vielen Autoren, die bei einigen Gartenschaubüchern mit guten Texten dabei sind. Erst durch diese Texte wurde z.B. „Herzlich willkommen Gartenschau" so schön.

Ich freue mich schon sehr auf die Gartenschau an der Rems und werde mir des Öfteren das Kultur- und Sportprogramm anschauen gehen. Auch allen die sich hierbei engagiert haben, ein großes Dankeschön. Denn jeder Einzelne, der sich in irgendeiner Form einbringt, ist eine Bereicherung des Ganzen.

Und ich finde es unbeschreiblich schön, dass wir alle bald monatelang aufs Beste unterhalten werden. Ein ereignisreicher Sommer liegt vor uns.

Freuen wir uns auf ihn, denn viel zu schnell ist er vorbei und die Ereignisse liegen wie ein schöner Traum hinter uns. Dass dieser Traum einmal tatsächlich Wirklichkeit war, daran sollen später meine Gartenschaubücher erinnern.

Helden

Griesbert sah dem Treiben auf der Skateranlage höhnisch lächelnd zu. „Das sollte Sport sein! In seiner Jugend wurde noch richtiger Sport getrieben!" Ein paar Mädchen schauten ihren gleichaltrigen Freunden zu, die ein Kunststück nach dem anderen vollbrachten. Sie riefen anfeuernd: „Auf geht es Jungs! Zeigt im Höllentrichter was ihr könnt!"

„Pah!", dachte Griesbert. „Von wegen Höllentrichter! Das ist eine ganz harmlose Skateranlage. Denen werde ich es zeigen, was ein echter Mann kann." Gesagt, getan. Er kaufte sich in einem Sportgeschäft ein Skateboard und trug es überheblich lächelnd zur Anlage. Ein Jugendlicher rief: „He, Alter! Pass auf! Hier geht es krass zu! Echt schnell!"

„Alter", durchzuckte es Griesbert. „Dem werde ich zeigen, wer von uns beiden gleich alt aussehen wird!"

Mit einem dynamischen Anlauf startete er im Trichter und bekam schnell ein irrsinniges Tempo drauf. Wegen der Schräglage konnte nicht abgebremst werden. Was tun? „Mist! Worauf habe ich mich bloß eingelassen?", dachte er, bevor es ihn mit einem grandiosen Schwung aus der Skatgeranlage schleuderte. Während des ungewollten Fluges schoss es ihm ängstlich durch den Kopf: „Wenn ich das bloß überlebe!"

Die Landung glückte überraschend gut, von einigen leichteren Verletzungen abgesehen. Die Jugendlichen applaudierten ihm voller Begeisterung und forderten eine Zugabe. Doch daraus wurde nichts. Unser Held hinkte schwer angeschlagen nach Hause und schwor sich: „Alter, bleib bei deinen Leisten, also dem Lehnstuhl!"

Das Schwabenwunder

Gertile Geizig wohnte sehr einfach möbliert in einer der schönen Gartenschaustädte. Sie besaß kaum Möbel und schon gar nicht so was unnötig teures wie Vorhänge, Balkonpflanzen usw.

Doch wie staunten die Nachbarn eines Tages, als bei Gertile urplötzlich die wunderbarsten Pflanzen auf dem Balkon standen. Alle paar Tage neue. Auch ihre sehr spärlich ausgestattete Wohnung quoll von duftenden Blumen jeglicher Art über.

Was bewog sie nur, plötzlich die Natur zu lieben? Und vor allem: wie kam sie plötzlich dazu, Geld für Blumen auszugeben? Sie, die jeden Cent 5 mal umdrehte, bevor sie ihn ausgab? Seltsam.

Hatte vielleicht die Gartenschau einen Sinneswandel bei ihr hervorgerufen? Wollte sie sozusagen mit dabei sein?

Die komplette Nachbarschaft rätselte ununterbrochen über dieses Schwabenwunder. Die wildesten Theorien wurden aufgestellt und wieder verworfen. Niemand kam der Wahrheit nah.

Bis eines Tages ein Bericht in der örtlichen Zeitung stand, dass seit längerer Zeit von unbekannten auf dem Gartenschaugelände Blumen in großen Stil gestohlen wurden.

Gertile bekam dafür keine blumigen Komplimente...

Michael Kerawalla

Waisenkind

Verzweiflung

Wieder einmal wanderte Lana mit Tränen in den Augen über die Waiblinger Gartenschau-Anlage. Es war bereits früher Abend, weshalb kaum noch Leute auf dem weitläufigen Areal unterwegs waren, was dem fünfzehnjährigen Mädchen nur recht war. So sah sie wenigstens niemand weinen. Als sie gerade einmal fünf Jahre alt war, starben ihre Eltern bei einem Verkehrsunfall, wodurch sie zur Vollwaise wurde. Zuerst reichte man sie in der Verwandtschaft herum, doch keiner konnte oder wollte sich so recht um das Mädchen kümmern, weshalb sie schließlich nacheinander bei mehreren Pflegefamilien untergebracht wurde, die jedoch auch nicht richtig mit ihr zurechtkamen. Lana war hyper-empathisch, was bedeutete, dass sie die Gefühle und Regungen der Menschen in ihrer Nähe äußerst intensiv wahrnahm, diese sogar als einen farbigen Halo sah, welcher die Leute umgab. Somit erkannte sie auch, ob diese Menschen krank waren oder es in Kürze sein würden. Manchmal spürte sie auch den baldigen Tod einzelner Menschen! Diese übergroße Empathie war so schon eine enorme Belastung für das junge Mädchen und erschreckte sie oft, doch in keiner Familie zeigte man Verständnis für diese unangenehme Gabe, weshalb das Mädchen auf die meisten Leute unheimlich wirkte, was durch ihre dunkelroten, schulterlangen Haare und ihre großen, eisgrauen Augen noch verstärkt wurde. Lana hatte darauf versucht, ihre Gefühle zu verbergen, doch das gelang ihr kaum, da diese meist zu intensiv waren. Viele ihrer Klassenkameraden hatten Angst vor ihr, obwohl sie recht liebenswürdig war und sich stets bemühte, freundlich und hilfsbereit zu sein. Doch ihr Aussehen und ihr scheinbar seltsames Verhalten wirkten auf viele der Jugendlichen befremdlich oder bizarr. Einige der Schüler nahmen das zum Anlass, sie permanent zu piesacken, oder terrorisierten sie regelrecht. Da sie mit gut eineinhalb Metern Körpergröße deutlich kleiner war, als die meisten Mädchen ihres Alters, und dazu auch noch recht zierlich erschien, entsprach sie dem perfekten Opfertyp! In einigen Klassen hatte man sie derart drangsaliert und ihr das Leben regelrecht zur Hölle gemacht, dass sie sogar die Schule wechseln musste. Lana hatte auch kein Interesse an Smartphones, Tablets, dem Internet und sozialen Medien, wie die meisten ihrer Mitschüler, was sie zusätzlich zum Außenseiter machte. Sie liebte die Natur, Wälder und Wiesen, was bei ihren Klassenkameraden auf völliges Unverständnis stieß. Deswegen liebte sie es eigentlich, über die Gartenschau-Anlage zu spazieren, was sie meistens beruhigte und ihr ein wenig Freude bereitete, doch heute spendete ihr der Spaziergang keinen Trost. Wieder wanderten ihre Erinnerungen zu ihrer vorherigen Pflegefamilie zurück, in der sie sexuell missbraucht worden war! Diese Erfahrung hatte sie tief traumatisiert, doch sie erhielt kaum psychologische Hilfe und auch in ihrer jetzigen Familie nahm man kaum Rücksicht darauf. Seit jenem Tag war ihr jede Berührung durch andere Menschen unangenehm und sie zuckte unbewusst zurück, wenn jemand die Hand nach ihr ausstreckte. Einige ihrer Mitschüler nannten sie deshalb gehässig ‚Die Unberührbare'. Durch dieses Trauma zog sie sich noch weiter zurück, vermied jegliche Annäherung und sprach nur noch das Nötigste. Ihre jetzigen Zieheltern waren damit komplett überfordert und wollten sie am liebsten so schnell wie möglich wieder loswerden. Dabei brauchte sie doch nur etwas Verständnis und Geborgenheit und die Sicherheit eines angenehmen Zuhauses, doch das war ihr wohl einfach nicht gegönnt. Warum konnte keiner sie verstehen? Was war denn nur so schrecklich an ihr, dass keiner sie mochte? Wieder überkam sie diese massive Verzweiflung und floss in Form vieler Tränen aus ihr heraus. Sie wollte am liebsten nur noch weglaufen, doch wo sollte sie denn hin? Anscheinend gab es auf dieser Welt keinen Platz, wo sie willkommen war! Mittlerweile hatte sie das Zentrum der Kunstlichtung erreicht. Dort fiel sie entmutigt auf die Knie, legte die Hände vors Gesicht und weinte bitterlich. Irgendwann hatte sie das Gefühl, dass ihre vielen Tränen bereits den Boden aufgeweicht hatten, denn sie schien plötzlich wie in einem Sumpf zu versinken. Schon war sie bis zu den Schultern eingesunken, doch die Tränen in ihren Augen ließen die Sicht verschwimmen, während sie tiefer sank. Bis sie begriff was passierte, schlug bereits der Morast über ihrem Kopf zusammen und sie fiel mit einem erstickten Schrei in eine bodenlose, nachtschwarze Tiefe. Sie schien sich dabei unkontrolliert zu drehen, worauf ihr immer schwindliger wurde. Ihr wurde kalt und sie fror erbärmlich, während sie weiter unkontrolliert fiel. Sie schien sich immer schneller zu drehen, während die Kälte sie lähmte und ihr allmählich den Atem raubte. Sie wollte schreien, aber ihre Lungen schienen zu Eis gefroren zu sein, während die unbarmherzige Kälte ihren Körper mehr und mehr durchzog, bis sie nur noch aus Eis zu bestehen schien. Ein letztes verzweifeltes Röcheln drang aus ihrem Mund, als die Dunkelheit auch ihren Geist benebelte, ihn sanft unter sich bedeckte und sie endlich in einer erlösenden Ohnmacht versank.

Das Haus am Waldrand

Lana erwachte in einem weichen Bett. Als sie die Augen aufschlug, fand sie sich in einem gemütlich eingerichteten Zimmer wieder. Sie setzte sich vorsichtig auf, doch sie fühlte keine Schmerzen. Anscheinend hatte sie den Sturz unbeschadet überstanden, was sie zwar überraschte, jedoch auch froh machte. Sie trug ein einfaches, graues Nachthemd. Ihre zuvor getragene Kleidung war nirgends zu sehen. Erst jetzt bemerkte sie, wie die Sonne durch ein Fenster direkt neben dem Bett hereinschien. Draußen sah sie nicht weit entfernt den Rand eines Waldes. Die Sonne war schon über die Wipfel gestiegen, so dass es wohl bereits früher Vormittag war. Links neben dem Bett stand ein Schreibtisch an der Wand, über dem ein weiteres Fenster Helligkeit spendete. An der Wand links neben dem Schreibtisch hing ein kleines, leeres Regal. Direkt hinter dem Bett stand ein großer Schrank, daneben war die Eingangstüre zu sehen. Neben der Türe stand ein Waschtisch mit einem Spiegel darüber, davor stand ein Stuhl, genauso wie vor dem Schreibtisch. Boden und Decke des Raumes bestanden aus Holz. All das wirkte zwar schon etwas älter, aber durchaus sauber und gemütlich. Wie war sie nur hierher gekommen? Lana erinnerte sich nur noch an die Dunkelheit, den bodenlosen Sturz und die zunehmende Kälte. Irgendwann musste sie wohl ohnmächtig geworden sein und jemand musste sie gefunden und hierher gebracht haben, der ihr die Kleider wechselte und in dieses Bett legte. Weiter kam sie mit ihren Überlegungen nicht, denn plötzlich klopfte es sachte an der Türe. Das Mädchen zuckte erschrocken zusammen, zog instinktiv die Bettdecke hoch und blickte ängstlich zur Türe. Es klopfte ein weiteres Mal. »H ... herein«, stotterte Lana unsicher. Da wurde die Türe behutsam geöffnet. Eine schlanke Frau mittleren Alters mit feinen Gesichtszügen stand im Türrahmen. Sie musste wohl gut einen Kopf größer als Lana sein und trug ein altmodisches Kleid und eine Schürze.

»Ah, du bist endlich aufgewacht, das ist schön«, sagte die Frau mit einem freundlichen Lächeln und trat ein.

Lana sah sie von einem schwachen, weißen Halo umgeben und fühlte eine warmherzige, freundliche Aura.

»Mein Name ist Maru«, stellte sich die Frau vor. »Ich bin die Haushälterin von Terek, dem Heiler. Ihm gehört das Anwesen hier.

»Ich ... heiße ... Lana«, antwortete das Mädchen zögernd.

»Das ist ein schöner Name!«, sagte Maru mit einem warmherzigen Lächeln. »Willkommen in unserem Haus, Lana!«

»D ... danke«, stotterte Lana überrascht. Solche Freundlichkeit war sie nicht gewöhnt. Es war das erste Mal, dass sie jemand willkommen hieß!

Mittlerweile war Maru neben Lanas Bett getreten. »Wie geht es dir?«, fragte sie ein wenig besorgt.

»D ... danke gut«, sagte Lana, verwirrt von Marus Freundlichkeit.

»Hast du Schmerzen?«, erkundigte sich die Haushälterin.

»Nein, alles in Ordnung«, antwortete das Mädchen zögernd.

»Gut!«, meinte Maru mit erleichtertem Lächeln.

»Wo ... bin ich ... und ... wie ... komme ich ... hierher?«, fragte Lana unsicher.

»Wie gesagt, du bist auf dem Anwesen von Terek, etwa zwei Reitstunden von der Stadt Seluko entfernt. Wir haben dich vor zwei Tagen auf der Wiese vor dem Haus gefunden. Du warst stark unterkühlt und deine Kleidung nass und schmutzig. Terek hat dich ins Haus getragen, wo ich dich entkleidet und mit einem heißen Bad wieder aufgewärmt habe. Dann habe ich dir ein Nachthemd von mir angezogen und dich ins Bett gelegt, wo du zwei Tage und Nächte durchgeschlafen hast«, erklärte Maru geduldig.

»Was? Ich habe zwei Tage und Nächte lang geschlafen?«, fragte Lana erschrocken.

»Oh ja! Du warst wohl ziemlich erschöpft«, bestätigte die Haushälterin. »Wo kommst du denn her und warum warst du so unterkühlt? Zur Zeit haben wir hier sehr warmes Wetter, so dass es nirgends so kalt sein kann!«, fragte Maru verwundert.

»Ich stand auf einer Wiese, wo ich plötzlich versunken bin. Dann fiel ich längere Zeit durch einen dunklen Abgrund, wo es immer kälter wurde. Wahrscheinlich habe ich durch die Kälte die Besinnung verloren.« Maru sah sie mit großen Augen an. »Ich weiß, das klingt ziemlich verrückt, aber genau so war es.« Dabei warf Lana der überraschten Haushälterin einen flehenden Blick zu.

»Ich verstehe«, meinte Maru und nickte. »Dann bist du wohl durch ein magisches Portal hierher gelangt.«

»Durch ein magisches Portal?«, fragte Lana überrascht.

»Hmmm«, summte Maru und nickte bestätigend. »Immer wenn sich zwei Welten aus parallelen Räumen annähern, kann sich zwischen ihnen für kurze Zeit ein magisches Portal öffnen und die beiden Welten miteinander verbinden. In der Verbindung ist es dunkel und eiskalt. Du bist wohl zufällig durch solch ein Portal gefallen und hier gelandet.«

»Dann bin ich jetzt ... nicht mehr ... auf der Erde?«, fragte Lana schreckensbleich.

Maru schüttelte den Kopf. »Nein, unsere Welt trägt den Namen Arkunai.«

»Aber ... aber ... das kann doch ... gar nicht sein!«, rief Lana verwirrt.

»Ich verstehe, dass dich das erschreckt, aber es ist die Wahrheit!«, versicherte Maru sanft. Dann ergriff sie Lanas linke Hand und streichelte sie sanft, was das junge Mädchen tatsächlich beruhigte. »Hab keine Angst, du wirst hier sicher rasch ein neues Zuhause finden. Terek und ich werden dich gut versorgen und uns um dich kümmern«, sagte die Haushälterin mit einem liebevollen Lächeln.

Lana sah Maru zuerst unsicher an, doch die Aura der Haushälterin blieb reinweiß, was bedeutete, dass sie die Wahrheit sagte! Das war einer der wenigen Vorteile ihrer Gabe. Wenn ein Mensch

Lana anlog, verdunkelte sich dessen Aura sofort, wodurch die Lüge entlarvt wurde, doch das war hier nicht der Fall! Auch wenn es dem jungen Mädchen aufgrund seiner vielen schlechten Erfahrungen schwerfiel, daran zu glauben: Maru war wirklich eine gute, hilfsbereite Seele! Gerade jetzt, wo Lana klar wurde, dass sie, aus welchem Grund auch immer, alleine auf einer fremden Welt gestrandet war, tat es dem zutiefst verunsicherten Mädchen gut, bei einem anderen Menschen Halt und Sicherheit zu finden. Das war eine völlig neue Erfahrung, denn bisher hatte man ihr immer das Gefühl gegeben, dass sie nicht wert war unterstützt und geliebt zu werden. So wurden ihre Augen feucht, als sie sich leise und mit rauer Stimme bei Maru bedankte.

Die Haushälterin sah sie mitleidig an und streichelte Lana über den Kopf. »Ist schon gut. Nimm dir erst einmal Zeit, gewöhn' dich an die Situation und lass dich verwöhnen.« Dabei zwinkerte sie dem jungen Mädchen verschmitzt zu, was Lana seit langer Zeit wieder ein Lächeln entlockte. »So, und jetzt erfrischst du dich erst einmal, während ich dir etwas zu essen mache, sonst meckert Terek noch, weil ich dich hungern lasse.« Wieder zwinkerte Maru dem Mädchen zu, die daraufhin amüsiert schmunzelte. »Deine Kleidung habe ich gewaschen, die ist jedoch noch nicht ganz trocken. Hier im Schrank findest du aber genug passende Garderobe für dich. Du wirst staunen, was unsere Schneiderin in der kurzen Zeit alles für dich gezaubert hat! Das Bad ist direkt gegenüber.« Sie zeigte auf die Türe. »Ich habe dir neben das Waschbecken ein frisches Handtuch, Seife, eine Zahnbürste und eine Haarbürste bereitgelegt. Komm einfach die Treppe herunter, wenn du fertig bist. Das Esszimmer ist gleich links daneben.« Sie schenkte Lana noch ein liebevolles Lächeln und wandte sich dann zur Tür.

»Danke! Mach ich«, antwortete Lana verlegen, worauf Maru ihr noch aufmunternd zunickte, bevor sie das Zimmer verließ. Das junge Mädchen konnte immer noch nicht glauben, dass es nun an diesem Ort war. Sie träumte das doch nicht, dafür fühlte es sich viel zu real an! Doch selbst wenn es ein intensiver Traum war, so wollte sie vorerst nicht daraus erwachen, denn hier behandelte man sie zum ersten Mal freundlich! Lana sah noch einmal kurz aus dem Fenster und genoss die Wärme der Sonne auf ihrem Gesicht, dann stieg sie aus dem Bett, neben dem sie ein Paar Pantoffeln stehen sah, die ihr sogar passten! Sie erhob sich, ging zum Schrank und öffnete dessen Türen, worauf sie mit einem überraschten Aufschrei einen Schritt nach hinten machte. Sie hatte einige wenige Kleidungsstücke darin erwartet, doch der Anblick verschlug ihr die Sprache! Neben verschiedenen Arten von Wäsche und einem Fach mit Hygieneartikeln gab es zahlreiche Blusen, Hosen, Röcke, Kleider, Strümpfe, Socken, Schuhe, Jacken, Mäntel und Umhänge. Alles in der passenden Größe und in Farben und Mustern, die ihr gefielen! Lana rieb sich die Augen. Das konnte doch nicht wahr sein! Niemand war in der Lage so viel passende Kleidung in so kurzer Zeit herzustellen, und das auch noch in ihrer Geschmacksrichtung! Wie war das denn möglich? Irgendetwas stimmte hier nicht! Trotzdem musste sie sich nun ankleiden, denn sie wollte Maru nicht zu lange warten lassen. Auf jeden Fall würde sie die Haushälterin fragen, woher die viele Kleidung so rasch kam. Darauf entnahm sie dem Schrank die gewünschte Garderobe, öffnete vorsichtig die Türe und spähte hinaus. Niemand war zu sehen, also eilte sie im Nachthemd über den kurzen Gang und betrat das geräumige Bad. Neben einer Toilette in der bekannten Form war dort noch ein breites Waschbecken und eine große Badewanne zu sehen, vor der eine faltbare Trennwand als Sichtschutz diente. Zwischen Waschbecken und Badewanne hing ein großes, tonnenförmiges Gerät an der Wand, mit dem mehrere Rohrleitungen verbunden waren. Lana nahm an, dass es sich dabei um einen Boiler handelte. An einer anderen Wand stand ein Wäscheschrank. Das Mädchen verschloss die Tür und ging zum Waschbecken. Statt einer Mischbatterie befanden sich knapp über dem

Becken nur zwei Rohre, von denen eines einen blauen, das andere einen roten Hebel trug. Als Lana vorsichtig die Hebel bewegte, floss jeweils kaltes und heißes Wasser daraus hervor. So verschloss das Mädchen den Ablauf des Waschbeckens mit dem beiliegenden Gummipfropf und füllte das Becken mit warmem Wasser. Wie es Maru gesagt hatte, lagen neben dem Waschbecken ein Handtuch, Seife, Zahnbürste und eine Haarbürste bereit. Also entkleidete sich das junge Mädchen, wusch sich, kleidete sich an und kämmte sich die Haare. Sie ging noch einmal in ihr Zimmer zurück, legte das Nachthemd ordentlich über den Stuhl vor dem Waschtisch und öffnete ein Fenster einen Spalt weit. Dann verließ sie ihr Zimmer, ging die Treppe hinunter und klopfte zaghaft an die Tür neben der Treppe.

»Komm rein!«, rief Maru fröhlich von innen.

So betrat Lana zögerlich das Zimmer. Ein angenehmer Duft umfing sie. Eine Mischung aus Tee, Honig, Marmelade, Brot und Käse lag in der Luft. Das Zentrum des Raumes wurde von einem großen Tisch mit Stühlen beherrscht, auf dem die Haushälterin ein kleines Buffet aufgebaut hatte, von dem der Wohlgeruch ausging. An den Wänden standen mehrere Regale und Geschirrschränke.

»Nimm doch bitte Platz«, forderte Maru das Mädchen mit einer einladenden Geste auf.

»Ist das ... alles ... für mich?«, fragte Lana zögernd und bekam große Augen.

»Hmmm«, summte Maru schmunzelnd. »Ich wusste nicht, was du magst, deswegen habe ich einfach alles gebracht, was die Küche so hergab.«

Das war Lana sichtlich peinlich. »Aber ... das ... wäre doch nicht nötig gewesen«, piepste sie leise. So viel Aufmerksamkeit hatte sie doch gar nicht verdient!

»Ich sagte doch, dass du dich verwöhnen lassen sollst«, bemerkte Maru zwinkernd und goss Lana ein heißes Getränk in ihre Tasse.

»Danke«, sagte das Mädchen leise und ziemlich verlegen.

»Dann lass es dir schmecken!«, meinte Maru mit einem aufmunternden Lächeln und ging in die Küche.

So nahm sich Lana zögernd ein Stück Brot und begann ihr Frühstück. Dabei vergaß sie ganz die Sache mit dem vollen Kleiderschrank. Das kam ihr erst wieder etwas später in den Sinn. Als die Haushälterin aus der Küche kam, fragte das Mädchen: »Sag mal Maru, woher kommen denn die vielen Kleider in meinem Schrank?«

Maru lachte auf. »Ich dachte mir schon, dass du mich das fragen wirst. Das liegt daran dass die Schneiderin, die uns mit Kleidung versorgt, eine echte Magierin ist. Sie ist sehr talentiert, weshalb ihre Kleidung immer so gut passt. Durch ihre langjährige Erfahrung und ihre große Begabung schafft sie es mit Hilfe ihrer Magie in kürzester Zeit neue Kleidungsstücke herzustellen. Außerdem ist sie sehr einfühlsam und erkennt so meist ganz genau, welche Kleidung ihren Kunden steht und welche Farben und Muster sie bevorzugen. Als du so lange geschlafen hast, nahmen Terek und ich an, dass du dich erst einmal längere Zeit erholen musst, weshalb ich die Magierin bat, zu uns zu kommen, damit sie Kleidung und Schuhe für dich herstellt. Wie du siehst, war sie ziemlich fleißig!«

Lana sah Maru zuerst verunsichert an. Auch diesmal blieb die Aura der Haushälterin weiß und hell, was bedeutete, dass sie die Wahrheit sagte. Es fiel dem jungen Mädchen zwar schwer, das Gesagte zu glauben, da sie jedoch wohl auch durch ein magisches Portal hierhergelangt war, warum sollte es hier nicht auch eine magische Schneiderin geben? Scheinbar war Magie auf dieser Welt etwas völlig Selbstverständliches. Daran würde sie sich wohl erst noch gewöhnen müssen. »Aber die ganze Kleidung hat doch sicher viel gekostet«, meinte das Mädchen dann verschämt.

Maru sah sie verwundert an. »Wie meinst du das?«

»Für die Herstellung der Kleidung hat die Schneiderin doch sicher viel Geld verlangt«, ergänzte Lana.

»Was ist Geld?«, war Marus überraschende Gegenfrage. Lana überlegte kurz, wie sie es ausdrücken sollt, da die Menschen hier Geld wohl nicht kannten. »Wenn ihr von jemandem etwas bekommt, müsst ihr ihm im Austausch auch etwas dafür geben, oder nicht?«

»Ach so, jetzt verstehe ich deine Frage!«, sagte Maru nickend. »Keine Sorge, die Magierin hat dafür nichts verlangt. Wir helfen uns aber gegenseitig. Wenn sie krank wird, bekommt sie von Terek die nötige Medizin und ich mache ihr öfters eine Marmelade oder etwas zu essen, denn kochen kann sie nicht besonders gut.«

»Obwohl sie Magierin ist?«, bemerkte Lana verwundert.

»Selbst wenn man magische Kräfte besitzt, bedeutet das nicht, dass man gleich alles kann. Auch bei der Magie spielt das Talent eine wichtige Rolle.«

»Ach so«, sagte Lana kleinlaut.

»Keine Sorge, mit der Zeit wirst du alles noch besser verstehen«, sagte Maru beruhigend.

»Du scheinst dich recht gut mit Magie auszukennen«, bemerkte Lana vorsichtig.

Maru lächelte amüsiert. »Das ist ja auch kein Wunder, denn ich bin eine Chirai, eine Lichtfee.«

Lana bekam große Augen. »Du bist kein Mensch?«, worauf Maru schmunzelnd den Kopf schüttelte. »Oh, entschuldige bitte! Ich hoffe, ich war nicht unhöflich zu dir«, stammelte das junge Mädchen.

»Aber nein, du hast nichts falsch gemacht, also gibt es auch keinen Grund sich zu entschuldigen«, sagte Maru beruhigend. »Du bist ein freundliches, höfliches und wohlerzogenes Mädchen. Obwohl ich dich erst kurze Zeit kenne, bist du mir schon recht sympathisch, also bleib einfach so, wie du bist, dann werden wir uns gut verstehen.« Dabei schenkte sie Lana ein aufmunterndes Lächeln.

»Ist gut«, piepste das Mädchen schüchtern. »Danke, dass ihr die Kleidung für mich habt herstellen lassen. Sie ist wirklich sehr schön.«

Lana war die große Aufmerksamkeit schon fast peinlich. Bisher hatte sich noch niemand so sehr um sie gekümmert und sie so zuvorkommend behandelt!

»Gern geschehen!«, antwortete Maru mit liebevollem Lächeln.

»Ich hoffe, ich falle euch nicht zur Last«, sagte Lana kleinlaut.

»Aber nein! Ganz sicher nicht! Wir kümmern uns gerne um dich, bis du wieder ganz erholt bist. Also mach dir keine Sorgen, du fällst uns ganz bestimmt nicht zur Last!« Darauf streichelte Maru zärtlich Lanas Kopf. »Und jetzt iss auf, damit du wieder zu Kräften kommst!«

Das Mädchen bedankte sich verschämt und frühstückte weiter. Sie konnte es kaum glauben, doch wie es schien, war sie hier tatsächlich willkommen! Wenn Maru und Terek so viel Kleidung für sie herstellen ließen, bedeutete das wohl, dass sie mit einem längeren Aufenthalt Lanas rechneten. Obwohl sie erst wenige Stunden hier war, fühlte sich das Mädchen bereits recht wohl unter Marus Obhut. Die Fee zeigte sogar Sympathie für Lana, war sehr freundlich und behandelte sie respektvoll. Das hatte bisher noch niemand getan! Vielleicht durfte sie ja wirklich länger hierbleiben, wo sie erstmals geduldet war, wo man sie gut behandelte und freundlich zu ihr war. Das war schon mehr, als Lana je gehofft hatte! In diesem Moment hörte sie plötzlich von draußen schwere Schritte. Gleich darauf wurde die Tür geöffnet. Lana erschrak, denn der Türrahmen wurde von einem sehr kräftigen Mann ausgefüllt, der mindestens zwei Meter groß war! Er trug eine Art Cordhose und einen leichten Pullover.

»Oh, unsere kleine Elfe ist erwacht! Sehr schön! Wie geht es dir denn?«, fragte der Hüne mit freundlichem Lächeln.

»D ... danke! M ... mir ... geht es ... gut!«, stotterte Lana verunsichert.

Der große Mann nickte und trat ein. »Mein Name ist Terek«, stellte er sich vor.

Das Mädchen sah ihn mit großen Augen an. Seine hünenhafte Gestalt ängstigte sie. »I ... ich ... heiße Lana«, antwortete sie zögernd.

»Was für ein schöner Name!«, sagte Terek. »Herzlich willkommen Lana!«

»D ... danke«, stotterte das Mädchen ängstlich, worauf Terek vor ihr in die Hocke ging, um nicht bedrohlich zu wirken.

»Du brauchst keine Angst vor mir zu haben. Ich bin zwar etwas zu groß gewachsen, tue aber niemandem etwas zuleide.« Sein Blick wanderte kurz über den Tisch, bevor er Lana ein freundliches Lächeln zuwarf. »Wie ich sehe, ist Maru gerade dabei dich zu verwöhnen. Dann lass es dir schmecken!«, sagte er und zwinkerte verschmitzt, worauf ein kurzes Lächeln über Lanas Gesicht huschte. »Geht es dir wirklich gut?«, fragte er dann besorgt.

Das Mädchen nickte. »Danke, ich fühle mich wohl«, antwortete sie schüchtern.

»Das freut mich. Sag aber bitte gleich Bescheid, wenn du dich unwohl fühlst, oder Schmerzen bekommst.«

»Mach ich«, versprach Lana noch etwas verlegen. So viel Sorge und freundliche Aufmerksamkeit war sie nicht gewöhnt.

»Dann will ich dich nicht länger beim Essen stören«, meinte Terek, warf ihr einen aufmunternden Blick zu und erhob sich. Erst jetzt bemerkte Lana seine reinweiße, überraschend helle Aura, was sie zusätzlich beruhigte. Sie hatte also nichts von ihm zu befürchten.

»Fährst du heute noch nach Seluko?«, fragte Maru.

Terek nickte. »Ich muss Genvi und Soruk noch neue Medizin bringen und ein paar Lebensmittel besorgen.«

»Dann wirst du erst heute Abend zurückkehren«, bemerkte Maru, worauf Terek nickte.

»Glaubst du, unsere kleine Elfe ist schon kräftig genug für einen Ausflug?«, fragte der Heiler und zwinkerte Lana zu, die kurz verlegen den Blick senkte.

»Es geht ihr soweit gut. Ich denke, das müsste gehen«, bestätigte Maru und wandte sich Lana zu. »Möchtest du Terek in die Stadt begleiten? Dann lernst du gleich die Umgebung kennen. Die meiste Zeit wirst du auf der Kutsche sitzen. Es ist also körperlich nicht besonders anstrengend.«

»Wenn ich dabei nicht störe?«, fragte Lana unsicher.

»Aber nein!«, versicherte Terek. »Im Gegenteil! Dann habe ich wenigstens einen Gesprächspartner während der Fahrt.«

»Na gut«, sagte das Mädchen nach kurzem Zögern zu.

»Prima, dann spann ich gleich den Wagen an. Das wird einige Zeit dauern, also brauchst du dich nicht zu beeilen. Iss in Ruhe auf«, sagte Terek und ging hinaus.

Maru lief in die Küche und bereitete etwas Proviant vor, den sie kurze Zeit später zu Terek brachte. »Bitte behandle die Kleine sehr behutsam. Sie ist ziemlich schüchtern und unsicher. Wahrscheinlich hat sie einiges durchgemacht, bevor sie hierher kam.«

Der Heiler nickte. »Hab' ich schon bemerkt, als sie mich so ängstlich ansah und meinte, sie würde mich stören. Keine Sorge, ich werde gut auf sie aufpassen und besonders vorsichtig sein«, versprach er.

Maru nickte dankbar und ging ins Haus zurück. Lana war gerade fertig mit ihrem Frühstück.

»Was soll ich denn anziehen?«, fragte das Mädchen unsicher.

Maru musterte sie kurz. »Das was du trägst, kannst du anbehalten. Nimm nur noch einen Umhang mit, denn abends wird es kühl.«

»Gut, mach ich!«, bestätigte Lana. »Kann ich mir noch geschwind die Zähne putzen?«

»Natürlich, lass dir Zeit. Ich lege dir inzwischen noch die richtigen Schuhe und einen Umhang bereit.«

Das Mädchen bedankte sich schüchtern und eilte ins Badezimmer, während Maru die Kleidung vorbereitete. Kurze Zeit später war Lana bereit zum Gehen und verabschiedete sich von der Haushälterin.

»Ich wünsche dir eine gute Zeit! Sei vorsichtig, damit du dich nicht überanstrengst, und hab keine Angst vor Terek. Er ist sehr freundlich und hilfsbereit«, gab Maru ihr noch mit auf den Weg. Dann streichelte sie dem Mädchen sanft über den Kopf und warf ihr einen warmherzigen Blick zu.

Lana zögerte kurz, umarmte darauf Maru rasch, bedankte sich leise und eilte hinaus. Die Fee sah ihr gerührt hinterher. Als sie durch die Tür ging, stand das Mädchen auf einer schmalen, überdachten Veranda, die über die gesamte Breite des Hauses reichte und von einem Geländer umrahmt wurde. Dort standen mehrere hölzerne Stühle. Eine kurze Treppe führte hinunter auf den Boden. Eine leichte Brise trug den Geruch von Holz, feuchter Erde und Harz heran. Lana sog den angenehmen Duft genüsslich ein, spürte die Wärme des Sonnenlichts auf ihrem Gesicht und sah sich um. In geringer Entfernung zum Haus plätscherte ein schmaler Fluss am Waldrand entlang. Auch hinter dem Haus war ein Wald zu sehen, aus dem in größerer Entfernung eine Berggruppe hervorwuchs. Das hölzerne, zweistöckige Gebäude stand in einem niederen Flusstal, durch das sich auf der einen Seite ein schmaler Weg bis zum Haus wandt, während die andere Seite von einer langgezogenen Wiese ausgefüllt wurde. Neben dem Haus befand sich eine Art Scheune, vor der Terek stand und Lana zuwinkte. Sie winkte schüchtern zurück und eilte dann zu ihm. Er stand neben einem längeren Wagen mit offener Ladefläche, der einen erhöhten Kutschbock trug. Davor war ein pferdeähnliches Wesen angespannt, das Lana den Kopf zuwandte, als sie näher kam. Es streckte die Nase in ihre Richtung und schnüffelte hörbar. Lana blieb unsicher in geringer Entfernung zu dem Tier stehen, dessen Aura angenehm weiß und hell schimmerte.

»Keine Angst, der alte Tobbs tut dir nichts zuleide. Geh ruhig zu ihm hin. Er will dich nur kennenlernen«, forderte Terek sie freundlich auf. So ging Lana auf das Wesen zu, das sie kurz intensiv beschnüffelte und dann freundlich brummelte. »Er mag dich«, sagte Terek, kam näher und tätschelte den Hals des Tieres. Das Mädchen fasste Mut und streichelte das Tier am Kopf, worauf es wieder genüsslich brummelte und ihr dann einen sanften Stubbs mit der weichen Nase gab, was Lana mit einem amüsierten Lächeln quittierte. Das Wesen hatte ein weiches graues Fell mit unregelmäßigen, braunen Flecken, einen längeren Schwanz, der in einer Quaste endete, einen kurzen gedrungenen Hals und einen ovalen Kopf. Seine vier kräftigen Beine endeten jeweils in einem gepaarten Huf. »Dann lass uns mal losfahren«, sagte Terek.

Lana nickte und begab sich auf die rechte Seite neben dem Kutschbock. Da sie etwas zu klein war, schaffte sie es nicht, die hohe Fußraste zu erreichen, um darüber aufzusteigen.

»Warte, so wird das nichts«, meinte Terek freundlich. »Wenn ich dich berühren darf, helfe ich dir gerne hoch.«

Lana sah ihn zuerst verwundert an. Bisher war noch nie jemand so respektvoll gewesen und hatte sie zuerst gefragt, ob er sie anfassen durfte! Doch sein Gesichtsausdruck und seine Aura zeigten deutlich, dass die Frage ernst gemeint war. Schließlich nickte das Mädchen zögernd, worauf Terek an ihre Hüfte griff, sie hochhob und auf dem Kutschbock abstellte. Lana bedankte sich verlegen und setzte sich dann auf die überraschend bequeme Sitzbank, während Terek sich auf die linke Seite des Wagens begab, schwungvoll aufstieg und sich neben sie setzte. »Alles klar?«, fragte er freundlich.

»Hmmm«, summte Lana und nickte mit verschämtem Lächeln.

»Gut!«, meinte Terek lächelnd und schnalzte mit der Zunge, worauf Tobbs sich gemächlich in Bewegung setzte. Während der Heiler das Zugtier auf den Weg lenkte, hatte Lana eine gute Sicht auf das Haus von dem erhöhten Sitzplatz. Es sah so aus, als ob das Gebäude bereits Teil des Waldes war, weil die Wände schon mit zahlreichen Ranken überzogen waren, deren Blätter das Holz überdeckten. Die schräg stehende Vormittagssonne tauchte das

Haus in ein angenehm goldenes Licht und schuf eine zauberhafte Atmosphäre. Da sah das Mädchen Maru auf der Veranda stehen und winken. Sie winkte schüchtern zurück. Auch Terek winkte kurz, bevor er sich wieder auf den Weg konzentrierte. Das regelmäßige, langsame Trappeln von Tobbs Hufen beruhigte Lana. Sie genoss die schöne Umgebung und das angenehme Licht mit verträumtem Blick. Der Heiler sah es aus dem Augenwinkel und lächelte verständnisvoll. »Wie ich sehe, gefällt dir dieser Ort.«

»Ja, es ist wirklich schön hier, antwortete das Mädchen leise.

»Deswegen wohnen Maru und ich hier draußen. Die schöne Umgebung ist durch nichts zu ersetzen und der Wald gibt uns irgendwie Kraft. Außerdem finde ich hier die meisten Pflanzen für meine Medizin«, erklärte Terek.

»Dann stellst du die Medizin selbst her?«, fragte Lana.

»Das meiste davon. Manche Produkte sind zu kompliziert herzustellen. Dazu bin ich in meiner kleinen Hexenküche nicht in der Lage.« Dabei zwinkerte er vergnügt, was Lana mit einem amüsierten Lächeln quittierte. »Diese Medizin lasse ich in Seluko anfertigen. Wenn du willst, zeige ich dir in den nächsten Tagen, wie ich die Medizin herstelle.«

»Oh ja, das würde mich interessieren!«, antwortete Lana erfreut.

»Kennst du schon einige Heilpflanzen?«, fragte Terek freundlich.

Das Mädchen schüttelte den Kopf. »Ich bin zwar gerne draußen in der Natur und weiß, dass viele Pflanzen für die Erzeugung von Arznei verwendet werden, weiß aber nicht welche das sind«, gab sie ein wenig verlegen zu.

»Soll ich dir die Pflanzen zeigen, zumindest die, welche bei uns in der Umgebung wachsen?«, wollte der Heiler wissen.

»Das würde mich schon interessieren, ich will dir aber nicht zur Last fallen, oder dich bei deiner Arbeit behindern«, sagte Lana mit gesenktem Blick.

»Aber nein, das tust du doch nicht! Im Gegenteil! Es würde mich freuen, dir die Pflanzen zu zeigen, und wie man sie medizinisch nutzt«, meinte Terek aufmunternd.

»Wenn ich dich nicht störe?«, fragte das Mädchen unsicher.

»Nein, ganz sicher nicht!«, versicherte Terek mit warmherzigem Lächeln.

Es folgte eine längere Gesprächspause, während der Lana etwas verkrampft neben dem Heiler saß, weil sie nicht wusste, was sie sagen sollte.

»Maru hat mir erzählt, du wärst durch ein magisches Portal auf unsere Welt gefallen«, brach Terek das Schweigen.

»Ja, so hat sie es auch mir erklärt«, sagte das Mädchen.

»Von welcher Welt kommst du denn?«, fragte der Heiler.

»Von der Erde«, antwortete Lana.

Terek dachte kurz nach. »Tut mir leid, von dieser Welt habe ich noch nie gehört. Wie ist das denn passiert?«

»Ich saß auf einer Wiese, als ich plötzlich im Boden versank und durch einen dunklen Schacht fiel, in dem es immer kälter wurde. Ich habe entsetzlich gefroren und konnte mich bald vor Kälte nicht mehr bewegen. Kurze Zeit später bin ich ohnmächtig geworden und dann bei euch in meinem Bett aufgewacht«, erklärte das Mädchen.

»Kein Wunder warst du fast erfroren, als wir dich fanden«, meinte Terek.

»Maru sagte, ihr hättet mich auf einer Wiese gefunden«, bemerkte Lana.

»Das stimmt. Wir haben gerade auf der Wiese neben dem Haus Kräuter gesammelt, als Maru dich entdeckte. Du lagst zusammengekauert und bewusstlos auf dem Boden und warst stark unterkühlt. Ich habe dich dann ins Haus getragen und Maru hat dich heiß gebadet und danach ins Bett gesteckt, wo du zwei Tage und Nächte durchgeschlafen hast. Wir haben uns große Sorgen um dich gemacht, deshalb waren wir sehr froh, als du heute Morgen gesund aufgewacht bist!«

»Ich habe noch nicht ganz verstanden, was und warum das passiert ist. Maru hat mir erzählt, dass sich unsere Welten einander angenähert haben und dadurch ein magisches Portal geschaffen wurde. Vielleicht war es ein Zufall, dass ich mich gerade dort befand, wo das Portal entstand«, meinte Lana unsicher.

»Dazu kann ich dir leider nichts sagen, denn ich habe so einen Vorgang noch nie erlebt. Allerdings gibt es bei uns eine Legende, die erzählt, dass früher schon Wesen durch solche Portale auf unsere Welt gefallen sind. Wie viel davon allerdings der Wahrheit entspricht weiß keiner. Das spielt aber auch keine Rolle mehr, denn du bist jetzt hier bei uns gelandet, weshalb wir uns erst einmal um dich kümmern werden«, sagte Terek mit wohlwollendem Blick.

»Ich will euch aber nicht zur Last fallen«, sagte das Mädchen kleinlaut.

»Lana, du fällst niemandem zur Last! Da brauchst du dir überhaupt keine Sorgen zu machen! Wir kümmern uns gerne um dich«, sagte Terek mit Nachdruck und warf ihr einen warmherzigen Blick zu.

»Wenn es dir hilft, dann sieh dich einfach als unseren Patienten an, den wir pflegen, bis er wieder ganz gesund ist.«

»Aber ich ... bin doch ... schon wieder gesund«, widersprach das Mädchen zaghaft.

»Das wissen wir noch nicht genau. Du bist erst seit wenigen Stunden wach, nachdem wir dich fast erfroren gefunden haben. Es grenzt schon an ein Wunder, dass du keine Verletzungen oder Erfrierungen davongetragen hast. Deswegen wäre es mir lieber, dass du bei uns bleibst, bis wir sicher sind, dass es dir auch wirklich gut geht. Oder fühlst du dich bei uns nicht wohl?«

»Oh doch, sogar sehr wohl!«, beeilte sie sich zu sagen. »Ich will euch nur nicht lästig sein«, ergänzte sie dann leise mit gesenktem Blick.

Terek sah Lana kurz erschrocken an, dann wurde sein Blick mitleidig. »Oje, dich hat man wohl in der Vergangenheit ziemlich schlecht behandelt.«

Das Mädchen nickte nur kaum merklich, ohne den Blick zu heben. »Das werden wir jetzt ganz schnell ändern. Und sei dir sicher: Du bist uns ganz bestimmt nicht lästig und wirst es auch niemals sein!« Er nahm beide Zügel in die linke Hand, legte dann den rechten Arm behutsam um Lanas Schultern und lehnte sie sanft gegen seine Schulter. Das Mädchen hob den Kopf und sah ihn mit Tränen in den Augen an. Dann umarmte sie ihn plötzlich und drückte sich an ihn, während sie ihren Kopf auf seine Schulter legte und leise zu weinen begann. »Oje, armes kleines Mädchen«, sagte er bedauernd und streichelte sie zärtlich, bis die Tränen versiegten. So lag sie noch längere Zeit in seinem Arm und bedankte sich schließlich leise. »Nichts zu danken, denn du bist uns stets willkommen!« Sie warf ihm noch einen um Verständnis bittenden Blick zu, während sie sich wieder aufrichtete, die Augen rieb und sich schnäuzte. »Geht's besser?«, fragte Terek besorgt.

Lana nickte und warf ihm einen dankbaren Blick zu, worauf er ihr mit einem gütigen Lächeln über den Kopf streichelte. Seine Umarmung und sein Streicheln taten auf einmal so unendlich gut und das Mädchen fühlte dabei eine Vertrautheit mit Terek und Maru, als ob sie schon jahrelang bei ihnen wohnte! Wie es schien, war sie hier wirklich willkommen. Sollte sie bei den beiden tatsächlich endlich ein liebevolles Zuhause gefunden haben? Lana wagte es kaum zu hoffen, denn noch kannten die beiden ihre seltsame Gabe nicht. Bisher war noch jeder davor zurückgeschreckt, hatte mit Angst, massivem Misstrauen oder Ablehnung reagiert! Wahrscheinlich würde es ihr hier genauso gehen. Wieder würde man sie verstoßen und am Schluss blieb sie wieder alleine mit ihrer Sehnsucht, ihrer Angst und ihrer Not! Wie schon so oft blieb ihr wohl auch diesmal nichts anderes übrig, als die kurze Zeit der Wärme zu genießen, bis sie schließlich wieder alleine draußen in der Kälte stand. Ohne Liebe, ohne Verständnis und ohne ein Zuhause!

Terek bemerkte deutlich, wie es in ihr arbeitete und trotz seines Trostes ein trauriger Ausdruck auf ihrem Gesicht zurückblieb. Das Mädchen musste wirklich viel durchgemacht haben, doch wie so oft in einer solchen Situation, war es nicht gut, sie dazu zu drängen, über ihre Not und ihre Sorgen zu reden. Irgendwann würde sie von ganz alleine zu ihm kommen und ihm ihre Geschichte erzählen. Trotzdem wollte er sie ein wenig aufmuntern, weshalb er begann, einige Anekdoten von seiner Zeit als Heiler zu erzählen. Anfänglich konnte er ihr nur ein kurzes Lächeln abringen, doch mit der Zeit schaffte er es sogar, sie zum Lachen zu bringen. Etwas, was Lana schon lange Zeit nicht mehr getan hatte!

Unterwegs

Das Mädchen war durchaus dankbar für die humorvolle Abwechslung, welche die trüben Gedanken wenigstens für einige Zeit fortblies. So wurde die lange Fahrt doch noch recht kurzweilig, bis sie endlich beim ersten Patienten ankamen. Das Grundstück sah einem irdischen Bauernhof recht ähnlich. Der Heiler hatte ihr erzählt, dass Genvi, die Partnerin des Landwirtes, immer wieder an einem Hautausschlag litt, weil sie auf einige der Pflanzen auf den Feldern allergisch reagierte. Da sie jedoch keine Wahl hatte und immer wieder bei der Feldarbeit mithelfen musste, hatte Terek ihr eine Salbe angerührt, damit sie damit den Ausschlag behandeln konnte.

Der Heiler brachte Tobbs vor dem Haus zum Stehen, zog die Bremse an und sprang behände vom Wagen. Dann ging er zur anderen Seite und streckte Lana die Arme entgegen. »Darf ich der hübschen jungen Dame herunterhelfen?«, fragte er verschmitzt und zwinkerte ihr zu. Das Mädchen nickte schmunzelnd, worauf er wieder ihre Hüften ergriff. »Und hopp!«, hob er sie hoch und setzte sie sanft auf dem Boden ab.

In diesem Moment kamen zwei Jungs im Alter von fünf und sieben Jahren aus dem Haus gerannt und stürmten auf Terek zu. Ihre Auren waren für Lana mittelgrau, etwas fleckig und eher dunkel, was bedeutete, dass sie unfreundlich, egoistisch und teilweise boshaft waren. Sie hatte mit dieser Art von Jungs schon recht viele unangenehme Erfahrungen gesammelt, weshalb sie erschrocken einen Schritt zurück machte und sich am liebsten versteckt hätte.

»Haaaalloooo Terek, hast du uns was mitgebracht«, riefen die beiden unverschämten Jungs.

Der Heiler warf ihnen einen missmutigen Blick zu und schüttelte den Kopf. »Nein, heute habe ich nur die Salbe für eure Mutter dabei.«

»Ooooch!«, riefen die beiden enttäuscht und wurden dann auf Lana aufmerksam. »Hey, wer bist du denn? Hast du uns was mitgebracht?« Schon streckten sie ihre schmutzigen Finger nach Lana aus, die schützend ihre Arme unter den Umhang legte und ihn vorne zuhob, während sie unbewusst einen weiteren Schritt rückwärts machte und die Kinder ängstlich ansah. In diesem Moment kam ein untersetzter, aber kräftiger Mann aus dem Haus. Seine Aura war dunkelgrau, stark fleckig und ziemlich dunkel!

»Hey ihr Quälgeister, wollt ihr wohl unseren Besuch in Frieden lassen. Verschwindet, aber schnell!«, brüllte er mit wütender Miene.

Lana zuckte erschrocken zusammen, während der Mann auf sie zukam. Sie wäre am liebsten noch weiter zurückgewichen, doch da stand ihr das Fuhrwerk im Weg. Wenigstens befreite der wütende Mann sie von den ungezogenen Kindern, die lachend davonrannten.

»Seid gegrüßt Terek. Bitte verzeiht den Überfall von der frechen Bande!«, entschuldigte sich der Mann.

»Schon gut«, antwortete der Heiler und grüßte zurück.

»Wie ich sehe, seid ihr heute in Begleitung einer jungen Dame«, meinte der Mann spöttisch.

»Das ist Lana, sie ist meine Patientin«, gab Terek ungerührt zurück und wandte sich dem Mädchen zu. »Lana, das ist Vogur, der Besitzer dieses Anwesens.«

Lana sah den Mann ängstlich an und grüßte dann schüchtern mit einem leichten Knicks.

»Aha«, bemerkte Vogur und warf Lana einen lüsternen Blick zu, worauf das Mädchen verschämt den Blick senkte. Entsprechend seiner Aura war der Landwirt ein recht unangenehmer Mensch, respektlos, aufbrausend, gemein und wahrscheinlich auch brutal! Er machte dem Mädchen Angst, was Terek durchaus nicht entging.

»Ist Genvi zuhause?«, fragte der Heiler rasch.

»Sie erwartet euch schon sehnsüchtig«, antwortete Vogur spöttisch. »Kommt mit!« Dann ging er auf das Haus zu.

Terek holte seine Tasche vom Wagen, machte eine beruhigende Geste und bat Lana ihm zu folgen. Im Haus roch es muffig und irgendwie wirkte es auf Lana etwas unheimlich, was nicht zuletzt an Vogurs Anwesenheit lag. Genvi saß im Wohnzimmer und flickte gerade ein Kleidungsstück.

»Da ist eure Patientin«, sagte der Landwirt mit herablassendem Ton.

Lana schätzte, dass die Frau ungefähr fünfzig Jahre alt und etwa so groß wie Maru war. Sie begrüßte Terek und Lana scheu. Ihre Aura war nur schwach ausgeprägt und grünlich verfärbt wegen ihrer Allergie. Der Heiler überprüfte rasch ihren Gesundheitszustand und wechselte dann die leere Salbenschale gegen eine volle aus. Nach einem kurzen Gespräch verabschiedete er sich rasch, um nicht zu viel Zeit zu verlieren und Lana nicht unnötig lange der unangenehmen Atmosphäre auszusetzen. Das Mädchen war ihm dafür sehr dankbar, als sie nach kurzer Zeit wieder vom Hof rollten.

»Tut mir leid, dass du Vogur und den Kindern begegnet bist. Normalerweise sind sie zu dieser Zeit auf dem Feld«, entschuldigte sich Terek.

»Schon in Ordnung. Das konntest du ja nicht wissen. Außerdem haben sie mir nichts zuleide getan«, antwortete Lana verständnisvoll.

Terek warf ihr einen dankbaren Blick zu. »Entsprechend seiner ungehobelten Art sind auch die Kinder ziemlich verzogen. Dagegen behandelt er Genvi immer ziemlich rücksichtslos und herablassend. Sie tut mir wirklich leid. Als Maru mich einmal begleitete, hätte sie vor Wut fast seinen Stuhl angezündet. Seitdem bleibt sie lieber Zuhause, wenn ich zu Genvi fahre«, erzählte er schmunzelnd.

»Wirklich?«, fragte Lana amüsiert.

»Oh ja!«, bestätigte Terek lachend. »Maru kann ganz schön impulsiv sein, wenn sie etwas als ungerecht empfindet.«

»Dann sollte ich sie wohl besser nicht verärgern«, meinte Lana halbernst.

»Nein! Besser nicht!«, antwortete Terek scherzhaft und zwinkerte ihr zu, was Lana mit einem amüsierten Lächeln quittierte. So erzählte der Heiler ihr noch einige Anekdoten, bis sie den Wohnort des nächsten Patienten erreichten. Soruk war ein junger Waldarbeiter, der von Gelenkschmerzen gequält wurde, weshalb Terek ihm schmerzlindernde und entzündungshemmende Tropfen vorbereitet hatte. Als der Heiler vor seinem Haus anhielt, half er Lana wieder vom Kutschbock herunter und klopfte dann an die Tür. Lema, die Mutter von Soruk öffnete und begrüßte beide freundlich. Auch ihre Aura war weiß und hell. Soruk kam ihnen schon auf dem Hausgang entgegen. Er war fast so groß wie Terek und auch ziemlich kräftig! Er begrüßte kurz den Heiler, dann wandte er sich Lana zu.

»Guten Tag, hübsche junge Dame«, begrüßte er das Mädchen mit fröhlichem Grinsen.

Lana wurde rot und senkte zuerst verschämt den Blick, bis sie ihn ebenfalls schüchtern grüßte.

»Soruk, schäm dich! Du machst die junge Dame ja ganz verlegen!«, schimpfte seine Mutter halbernst. »Bitte verzeihen sie diesem frechen Flegel«, sagte sie dann zu Lana in gespielter Empörung, die darauf amüsiert lächelte. Das Mädchen musterte den kräftigen jungen Mann kurz, dessen Aura hell und rötlich verfärbt war, was auf eine entzündliche Erkrankung schließen ließ. Da sie ihn attraktiv fand, blieb ihr Blick etwas zu lange auf ihm haften, was er bemerkte und ihr schmunzelnd zuzwinkerte. Sie errötete nochmals und senkte kurz den Blick, bis sie ihm scheu zulächelte, was erneut zu einem amüsierten Blickwechsel zwischen den beiden führte. Terek nahm es schmunzelnd zur Kenntnis und reichte dem jungen Mann die Medizin. Lana bekam große Augen, als der Inhalt der Flasche genauso eine rötliche Aura zeigte, wie die von Soruk. Auch dieser erstaunte Blick entging dem Heiler nicht.

»Danke, dass sie ihm diese Medizin gemacht haben. Ich hoffe, sie hilft meinem Jungen«, sagte Lema äußerst beunruhigt.

»Keine Sorge, ihrem Sohn wird es bald wieder besser gehen«, wandte sich Lana an die alte Dame, sehr zur Überraschung von Terek.

»Das wäre wirklich schön!«, antwortete Lema erleichtert, während Lana und Soruk schon wieder kurze Blicke tauschten.
Terek räusperte sich hörbar, worauf Lana kurz verlegen wurde. »Tut mir leid, aber wir müssen heute noch nach Seluko und einiges besorgen.«
»Dann wollen wir euch nicht länger aufhalten«, sagte Lema. Terek und Lana verabschiedeten sich von Soruk, wobei die beiden jungen Leute nochmals amüsierte Blicke wechselten, bis der Heiler das Mädchen sanft hinausbugsierte. Draußen hob er sie wieder auf den Kutschbock, setzte sich neben sie und fuhr los. Lana warf noch einen sehnsüchtigen Blick zurück.
»Wenn du willst, fahre ich dich gerne bald wieder hierher«, bot Terek dem Mädchen schmunzelnd an, die zuerst rot wurde, ihm dann einen verlegenen Blick zuwarf und verschämt lächelte, worauf der Heiler ihr schmunzelnd die Haare verstrubbelte. »Keine Sorge, du wirst den jungen Mann noch öfter sehen«, sagte Terek darauf mit Verschwörermiene. Lana errötete erneut, während der Heiler ihr liebevoll über die Nase strich. »Kleine, hübsche Elfe!«
»Ich bin doch gar nicht hübsch«, sagte Lana leise und senkte den Blick.
»Und ob du hübsch bist! Oder was glaubst du, warum dich Soruk gerade so attraktiv fand?«
»Ich ... weiß es ... nicht«, antwortete Lana zögernd.
»Natürlich, weil du hübsch bist!«, bekräftigte Terek. »Und weil du ein liebes Mädchen bist!
Lana wollte es nicht so recht glauben. »Auf der Erde haben sie immer nur Monster, oder Hexe, oder noch gemeinere Sachen zu mir gesagt, wegen meiner roten Haare und meiner eisgrauen Augen«, bemerkte sie kleinlaut.
»Dummes, böses Geschwätz! Die waren alle einfach nur blind vor Überheblichkeit! Vergiss dieses dumme Gerede am besten ganz schnell!«, riet er dem Mädchen. »Du bist nämlich wirklich eine kleine, hübsche Elfe!«

»Darüber, dass ich so klein bin, haben sie sich auch immer nur lustig gemacht«, bemerkte Lana traurig.

»Bei allen Geistern des Waldes, du warst wohl nur von Narren umgeben! Körpergröße sagt doch überhaupt nichts über ein Wesen aus!«, polterte Terek. »Im Übrigen war das von mir nicht herablassend, sondern liebevoll gemeint.«

»Ich weiß schon, und ich finde es auch total lieb von dir, dass du mich ‚kleine Elfe' nennst.« Sie machte eine kurze Pause und senkte den Blick. »Du und Maru sind seit langer Zeit die einzigen Wesen, die nett zu mir sind«, sagte sie dann leise.

Terek warf ihr einen mitleidigen Blick zu. »Was haben sie dir nur angetan«, sagte er resigniert und schüttelte den Kopf. »Auf jeden Fall werden Maru und ich uns künftig um dich kümmern.« Dann begann er zu grinsen. »Vielleicht auch Soruk!« Lana wurde nochmals rot, worauf der Heiler amüsiert auflachte und ihr über den Kopf streichelte. Dann warf sie ihm einen verlegenen Blick zu, den er mit einem Zwinkern quittierte. Natürlich hatte sich Lana schon früher in den einen oder anderen Mitschüler verliebt, doch zu mehr als ein paar Flirts war es nicht gekommen, da die Abneigung der Klassenkameraden gegen das Mädchen die Jungs stets daran hinderte mit ihr zu gehen. Keiner von ihnen hatte genug Mut sich dem Druck der Klasse zu stellen und sich zu Lana zu bekennen. So gab es bisher noch keinen festen Freund in ihrem Leben! Oft hatte sie sich gewünscht, wenigstens auf diese Art ein wenig Liebe und Zärtlichkeit zu erfahren, doch selbst das war ihr verwehrt geblieben. Stattdessen musste sie oftmals mit ansehen, wie die Jungs, in die sie verliebt war, sich anderen Mädchen zuwandten, und sie selbst immer wieder leer ausging, was besonders schmerzhaft war! Während ihr auch diese traurige Tatsache wieder quälend in den Sinn kam, tauchte vor ihnen endlich die Stadt Seluko auf. Diese Abwechslung vertrieb wenigstens die dunklen Erinnerungen, die sie wieder einmal heimsuchten, worüber Lana froh war. Sie hatte sich eine geschlossene Stadt mit Wehrmauer und Stadttoren vorgestellt, doch Seluko war eher wie die meisten irdischen Städte gebaut. Zuerst tauchten vereinzelte Häuser auf, deren Anzahl und Baudichte allmählich zunahmen, während sie weiter in die Stadt vordrangen. Immer wieder kamen ihnen einzelne Kutschen oder Reiter entgegen, oder sie wurden von diesen Gefährten überholt. Das Mädchen wunderte sich, dass Tobbs die zunehmende Anzahl an Menschen und Gefährten nicht nervös machte, doch das gutmütige Zugtier schien dieses lebhafte Treiben schon gewöhnt zu sein. Die Gebäude und die Architektur erinnerte Lana an die Bauten des neunzehnten Jahrhunderts auf der Erde, doch waren die Fassaden meist einfacher gebaut, ohne viel Stuck und Verziehrungen und die Häuser waren meist kleiner, wie irdische Bauwerke. So fuhren sie bald auf einen größeren Platz mit Pferdetränken, auf dem schon mehrere Pferde und Fuhrwerke angebunden waren. Terek lenkte das Fahrzeug auf eine freie Stelle, hielt an und zog die Bremse fest.

»So, da wären wir«, meinte er erleichtert, stieg ab, half Lana vom Kutschbock herunter und band dann Tobbs an dem dafür vorgesehenen Gestänge fest. Darauf nahm er einen größeren Korb von der Ladefläche des Wagens. »Bitte bleib nahe bei mir. Ich will dich nicht in dem Gedränge verlieren, zumal du dich hier überhaupt nicht auskennst. Außerdem gibt es hier einige recht unangenehme Gestalten. Pass also bitte gut auf und entferne dich nicht von mir.« Er streichelte dem Mädchen über den Kopf. »Versteh' mich bitte nicht falsch. Ich will dich nicht bevormunden oder herumkommandieren, sondern mache mir nur Sorgen um dein Wohlergehen.« Dabei warf er ihr einen um Verständnis bittenden Blick zu.

»Danke, das ist lieb von dir«, antwortete Lana und lächelte ihm verständnisvoll zu.

»Gut! Dann lass uns gehen«, meinte Terek und warf ihr einen liebevollen Blick zu. Sie liefen los, wobei sich der Heiler bemühte, keine zu großen Schritte zu machen, damit das Mädchen bequem neben ihm herlaufen konnte. Lana hatte schon nach kurzer Zeit die Orientierung verloren und blieb deshalb möglichst nahe bei Terek. Nicht auszudenken, wenn sie sich in dieser völlig fremden Umgebung verloren! Der Heiler passte gut auf sie auf, behielt sie stets im Blick und legte in dichterem Gedränge einen Arm um ihre Schultern, damit sie nicht versehentlich abgedrängt wurde. So erreichten sie gemeinsam die Markthalle, wo Terek am Eingang kurz stehenblieb. »Da drinnen ist es oft ziemlich eng und voll, deshalb solltest du auch hier in meiner Nähe bleiben. Du darfst dich gerne umsehen und wenn dir etwas gefällt oder du etwas benötigst, dann sag es bitte einfach.«

»Danke, das mache ich«, versprach Lana.

»Wenn wir uns trotzdem verlieren, dann geh bitte einfach wieder hierher zum Eingang zurück, damit ich dich wiederfinde«, bat Terek freundlich.

»Mach ich«, versprach Lana gerührt von seiner Sorge um sie.

Wieder warf der Heiler ihr einen warmherzigen Blick zu, dann betraten sie die große Halle. Wie Terek vermutete, war es recht voll und somit auch ziemlich laut. Die Luft war voll von zahlreichen Gerüchen. Das Mädchen war fasziniert von dem enormen Angebot an Waren, die es hier gab, und es fiel ihr schwer sich umzusehen, ohne den Heiler aus den Augen zu verlieren. Glücklicherweise war Terek recht groß, so dass er die meisten Leute deutlich überragte, was es für das Mädchen leichter machte, ihm zu folgen. Was ihr wesentlich mehr zu schaffen machte, waren die zahllosen Emotionen, die von den vielen Menschen um sie herum auf sie einströmten. Bei vielen Leuten spürte und sah sie Krankheiten durch die verfärbten Halos. Bei einigen wenigen Menschen spürte sie sogar deren baldigen Tod, was sich wie ein Schlag in den Magen anfühlte und ihr Angst machte. Sie hatte noch nie solche Menschenmassen gemocht, denn die übergroße Zahl an Emotionen überlastete sie rasch und verwirrte sie stark. Am liebsten wäre sie nach kurzer

Zeit hinausgerannt, doch sie hielt tapfer durch und begleitete den Heiler, obwohl es ihr sehr schwerfiel. Sie wollte nicht gleich wieder unangenehm auffallen und Terek so vielleicht verärgern. Es dauerte einige Zeit, bis der Heiler alles besorgt hatte, was er benötigte. Dabei fiel Lana auf, dass er nie etwas für die Waren bezahlte, oder eintauschte. Da es in der Halle zu laut war, nahm sie sich vor, ihn später danach zu fragen. Schließlich fragte Terek seinen Schützling, ob sie noch etwas benötigte, doch das Mädchen schüttelte nur lächelnd den Kopf. »Gibt es denn nichts, was du hier haben möchtest?«, fragte der Heiler erstaunt.

»Danke, nein«, antwortete sie gerührt von seiner Großzügigkeit. Lana war schon mehr als froh, dass er sie gut behandelte und sich so besorgt um sie kümmerte. Solch eine freundliche Behandlung hatte sie schon lange nicht mehr erfahren.

Wirklich nicht?«, fragte Terek nochmals.

Lana schüttelte gerührt den Kopf und drückte kurz seine Hand. »Danke, das ist lieb von dir, aber ich habe alles, was ich brauche.«

Der Heiler streichelte ihr mit väterlichem Lächeln über den Kopf. »Du musst nicht so bescheiden sein.«

»Das bin ich nicht«, antwortete Lana und warf ihm einen dankbaren Blick zu.

»Na gut, dann machen wir uns mal auf den Heimweg«, meinte der Heiler und wandte sich dem Ausgang zu, worüber Lana sehr froh war.

Draußen atmete sie erst einmal erleichtert auf und versuchte ihr aufgewühltes Gemüt zu beruhigen. Hier gab es zwar auch noch zahlreiche Menschen, doch es waren wesentlich weniger, als in der Markthalle. Wieder blieb sie ganz nah bei Terek, um nicht von ihm getrennt zu werden. Endlich erreichten sie wieder ihr Fuhrwerk, wo Tobbs sie schnaubend begrüßte. Während der Heiler den Korb auf der Ladefläche verstaute, löste Lana die Befestigung des Zugtieres, worauf Tobbs ihr einen sanften Nasenstubbser verpasste. Das Mädchen lächelte amüsiert und streichelte das gutmütige Tier kurz. Dann stellte sie sich neben den Kutschbock, wo Terek sie wieder hinauf hob und anschließend neben ihr Platz nahm. Schon ging die Fahrt los in Richtung von Tereks Haus. Etwas außerhalb der Stadt auf einer ruhigen Straße hielt Terek an.

»Ich nehme an, du hast Hunger?«, fragte er Lana freundlich.

»Ein wenig schon«, gab das Mädchen zu.

Darauf holte der Heiler einen Korb und einen kleinen Sack hinter dem Kutschbock hervor. »Das hat Maru für uns zubereitet. Bedien dich schon einmal, ich füttere nur noch schnell Tobbs.« Dann sprang er mit dem Sack vom Kutschbock, ging zu dem Zugtier und fütterte es, während Lana sich aus dem Korb etwas zu essen nahm und ein Getränk in die Becher füllte. Terek gab Tobbs noch etwas Wasser, dann gesellte er sich wieder neben das Mädchen und aß seine Portion.

»Iss ruhig, es ist genug da, sonst schimpft Maru noch mit mir, weil ich dich vernachlässige«, sagte er zwinkernd.

»Das will ich natürlich nicht«, antwortete Lana amüsiert und aß weiter. Einige Zeit später hatten sie das wohlschmeckende Mahl beendet und machten sich wieder auf den Weg.

»Ach ja, ich habe da noch eine Süßigkeit«, sagte der Heiler, zog ein kleines Stoffsäckchen aus der Tasche und reichte es Lana.

»Für mich?«, fragte das Mädchen überrascht.

»Hmmm«, summte Terek mit liebevollem Lächeln. »Das sind getrocknete Kedrel-Beeren. Die Kinder sind ganz verrückt danach.

Lana nahm das Säckchen behutsam wie einen Schatz an sich. Dann wurden ihre Augen feucht.

»Nanu, warum weinst du denn?«, fragte der Heiler verwundert.

»Mir hat ... noch nie jemand ... Süßigkeiten geschenkt«, flüsterte das Mädchen schniefend.

»Tatsächlich?« Terek konnte es nicht glauben, doch Lana nickte nur gerührt, dann umarmte sie ihn plötzlich.

»Danke!«, flüsterte sie mit rauer Stimme

»Gern geschehen!«, antwortete der überraschte Heiler, nahm die Zügel in die linke Hand, umarmte das Mädchen und streichelte sie, bis sie sich wieder gefasst hatte.

Lana warf ihm noch einen um Verständnis bittenden Blick zu, den er mit einem liebevollen Lächeln quittierte, dann richtete sie sich wieder auf, öffnete das Säckchen und aß eine der Beeren, worauf sie begeistert zu strahlen begann. »Mmmh! Das schmeckt ja lecker!«

»Sag ich doch!«, meinte Terek schmunzelnd und streichelte Lanas Wange. »Iss aber nicht gleich alles auf, sonst bekommst du Bauchschmerzen.«

Lana schüttelte den Kopf. »Die heb' ich mir noch ein bisschen auf, dann kann ich dieses liebe Geschenk noch länger genießen!« Sie schenkte ihm noch ein dankbares Lächeln und steckte das Säckchen in eine Tasche.

»Du bist wirklich ein liebes Mädchen«, meinte Terek gerührt und streichelte über ihren Kopf, worauf das Mädchen ihn kurz verlegen ansah und dann scheu anlächelte. Es folgte eine kurze Pause, bis Lana einfiel, dass sie Terek noch etwas fragen wollte.

»Mir ist aufgefallen, dass du deine Ware einfach so bekommen hast, ohne dafür etwas einzutauschen. Wie funktioniert das bei euch? Gibt es keinen Tauschhandel?

»Doch, den gibt es, aber in größerem Maß. Bei uns gibt jeder das, was er zu leisten vermag, und tut, was er am besten kann. Ich behandle kranke Wesen und stelle Medizin her. Ein anderer kann gut backen und versorgt die Gemeinschaft mit Brot und anderen Backwaren. Wieder ein anderer versteht sich auf die Bearbeitung von Holz und stellt Möbel und Gebrauchsgegenstände daraus für alle her. Jemand anders kann gut mit Kindern umgehen und kümmert sich um sie, wenn die Eltern krank oder unterwegs sind. Andere können gut singen oder sind gute Schauspieler und sorgen für Unterhaltung. So hilft jeder mit und unterstützt die Gemeinschaft mit seinem Können und seinen Werken, in dem Maß, wie er dazu in der Lage ist.«

»Und das funktioniert?«, rief Lana überrascht?

»Wie du siehst, funktioniert es bestens und das schon lange Zeit. Niemand leidet Not oder muss sich quälen, denn wir helfen uns gegenseitig und jeder gibt etwas für die Gemeinschaft, damit das so weitergeht.«

»Wow! Das ist beeindruckend!«, gab Lana zu.

»Macht ihr das denn auf der Erde nicht so?«, wollte Terek wissen.

Lana schüttelte resigniert den Kopf. »Oh nein, bei uns ist das alles viel komplizierter!«

Der Heiler sah sie verwundert an. »Was ist denn daran so kompliziert?«

Das Mädchen gähnte kurz. »Bist du mir böse, wenn ich dir das ein andermal erzähle? Ich weiß nicht, ob ich das jetzt alles noch richtig erzählen kann.«

»Natürlich darfst du mir das auch ein andermal erzählen, wenn es dir jetzt zu anstrengend ist«, antwortete Terek verständnisvoll.

»Danke!«, sagte das Mädchen und gähnte nochmals.

»Die kleine Elfe wird wohl langsam müde«, meinte der Heiler mit liebevollem Blick und nahm Lana in den Arm, die ihn kurz verlegen ansah und dann dankbar anlächelte.

Als es zu dämmern begann, fielen Lana die Augen zu und sie schlief kurze Zeit später ein, wobei ihr Kopf auf Tereks Schulter fiel. Der Heiler legte die Zügel ab, denn Tobbs fand den Heimweg von allein. Dann bettete er Lanas Kopf behutsam auf seinen Schoß und legte ihre Beine auf die Sitzbank, damit sie bequem lag. Anschließend holte er eine Decke unter der Sitzbank hervor und breitete sie über Lana aus, damit sie in der Abendluft nicht auskühlte. Anschließend nahm er die Zügel mit einer Hand wieder auf und legte die andere Hand auf Lanas Schulter. So fuhr er weiter, bis er einige Zeit später bei seinem Haus ankam. Dort hielt er möglichst nahe vor der Haustüre an, hob das Mädchen sachte hoch und hielt es mit einem Arm fest, während er die andere Hand beim Absteigen zu Hilfe nahm. Da kam Maru mit sanftem Leuchten aus der Türe geschwebt und sah ihn besorgt an.

»Alles in Ordnung, sie ist nur auf der Kutsche eingeschlafen«, flüsterte er beruhigend. Die Fee nickte verstehend und schwebte leuchtend voraus, öffnete ihm die Türen, bis er das Mädchen in ihrem Zimmer sanft auf die Matratze legte. »Bringst du sie bitte zu Bett, ich versorge noch Tobbs«, bat er flüsternd. Maru nickte wieder, entkleidete das Mädchen vorsichtig, während Terek zurück zum Wagen lief, in die Scheune fuhr, dort Tobbs abhalfterte, seine Hufen reinigte, ihn striegelte, ihm frisches Heu, Wasser und Futter gab. Dann tätschelte er noch liebevoll den Hals des Zugtieres. »Gute Nacht und vielen Dank, mein alter Freund«, sagte er noch liebevoll zu dem Zugtier, das ihm einen freundlichen Nasenstubbser zum Abschied gab. Dann löschte er das Licht, verschloss die Scheune und ging ins Haus. Maru hatte dem Mädchen inzwischen den Umhang, die Schuhe und die Oberbekleidung ausgezogen, wobei sie darauf verzichtete, ihm das Nachthemd anzuziehen, denn das hätte sie vermutlich wieder aufgeweckt. So legte sie das Mädchen nur in Unterkleidung ins Bett, deckte es zu, drückte ihm einen sanften Kuss auf die Stirn und schwebte dann geräuschlos durch die geschlossene Türe hinaus. Wenig später saß sie mit Terek zusammen im Wohnzimmer, wo der Heiler von seiner Reise berichtete.

»Du hattest recht, die Kleine hat wirklich viel durchgemacht. Sie hat ständig Angst uns zur Last zu fallen. Einmal befürchtete sie sogar uns lästig zu sein!«

»Wie kann man denn so einem lieben, wohlerzogenen Mädchen das Gefühl geben, lästig zu sein!«, empörte sich Maru.

»Als ich sie fragte, ob sie früher schlecht behandelt wurde, hat sie nur wortlos genickt und fing an zu weinen. Selbst als ich ihr ein Säckchen Kedrel-Beeren schenkte, begann sie zu weinen, weil ihr zuvor noch nie jemand Süßigkeiten schenkte!«, erzählte Terek kopfschüttelnd.

»Das darf doch wohl nicht wahr sein! Was haben sie diesem armen Geschöpf nur angetan!« Marus Augen glühten kurz auf.

»Ich vermute, sie verschweigt uns noch etwas, denn sie reagiert äußerst sensibel auf die Menschen in ihrer Umgebung. Vor Vogur und seinen Kindern hatte sie große Angst und auch in der Markthalle erschrak sie mehrmals heftig beim Anblick einiger Menschen, von denen aber keine Bedrohung ausging.«

»Du meinst, sie hat das zweite Gesicht, spürt also Dinge, die du nicht wahrnimmst?«, fragte Maru überrascht.

Terek zuckte mit den Schultern. »Vielleicht, ich weiß es nicht! Auf jeden Fall sollten wir sie weiterhin sehr behutsam und freundlich behandeln, denn eigentlich ist sie ein liebes, humorvolles Mädchen, nur wird ihr eigentlicher Charakter von einem schweren Tuch aus Trauer, Angst und Unsicherheit überdeckt. Sie hat auf jeden Fall in der Vergangenheit sehr gelitten und braucht nun viel Liebe, Verständnis und Geduld um darüber hinwegzukommen.«

»Dann soll sie diese Liebe auch gerne von uns bekommen«, versicherte Maru.

Terek nickte zustimmend. »Sie ist gerne in der Natur und hat eingewilligt, als ich ihr anbot die Heilpflanzen dort draußen zu zeigen und wie ich daraus meine Medizin herstelle. Vielleicht kann ich sie zu meinem Lehrling machen, denn wenn sie tatsächlich das zweite Gesicht hat, kann ihr das helfen eine gute Heilerin zu werden.«

»Das ist eine gute Idee! Vielleicht bereitet ihr diese Tätigkeit ja Freude«, meinte Maru zuversichtlich.

»Wir werden sehen, wie sie zurechtkommt. Geben wir ihr erst einmal Zeit, sich einzuleben und heilen ihre seelischen Wunden, damit sie wieder glücklich wird«, meinte Terek und erhob sich.

»Ich bin müde und gehe zu Bett.« Dann begann er zu grinsen. »Übrigens haben Lana und Soruk heftig miteinander geflirtet!«

»Oh!«, rief Maru überrascht. »Bahnt sich da etwas an?«, fragte sie scherzhaft.

»Vielleicht«, antwortete Terek schmunzelnd. »Wir werden sehen! Gute Nacht Maru.«

»Gute Nacht Terek«, sagte sie und gab ihm einen Kuss auf die Wange. Als er den Raum verlassen hatte, löschte sie das Licht, nahm wieder ihre Leuchtform an und begann ihre Nachtwache.

Geständnisse

Als Lana am nächsten Morgen erwachte, wunderte sie sich, dass sie in ihrem Bett lag. Gleich darauf war sie erstaunt, dass ihr Nachthemd über dem Stuhl hing. Sie hob kurz die Decke an und sah, dass sie nur ihren Büstenhalter und einen Slip trug. Zuerst erschrak sie kurz, weil sie einen Moment lang befürchtete, dass man sie wieder missbraucht hatte. Doch weder Tereks noch Marus Aura ließ eine solche Schlussfolgerung zu. Beide hatten einen liebevollen und gütigen Charakter und würden ihr so etwas niemals antun! Die Auren in der Familie, die ihr einst so etwas Schändliches zuleide getan hatte, waren dagegen grau, fleckig und dunkel gewesen! Nein, es musste sicher eine andere Erklärung dafür geben, dass sie kein Nachthemd trug. Sie schaute kurz aus dem Fenster und sah, dass die Sonne schon in der Nähe der Baumkronen stand. Da sie sich frisch und ausgeschlafen fühlte, stand sie auf und überlegte, ob sie rasch nur in der Unterkleidung über den Gang ins Bad eilen sollte, doch es wäre ihr zu peinlich, wenn Terek sie versehentlich so sehen würde, obwohl er ein Heiler war. Also zog sie geschwind das Nachthemd über, nahm sich frische Kleidung aus dem Schrank und huschte ins Bad. Nachdem sie sich erfrischt hatte, ging sie nach unten und klopfte an der Esszimmertür. Maru rief sie freundlich herein, so betrat sie das Zimmer, wo die Fee schon wieder ein kleines Buffet für sie hergerichtet hatte.

»Guten Morgen!«, wünschte Maru mit liebevollem Lächeln.

Lana grüßte verlegen zurück, denn es war ihr ein wenig peinlich, dass die Fee sich wegen ihr so viel Mühe machte.

»Bitte setz dich doch. Hast du gut geschlafen?«, fragte Maru freundlich.

»Danke, ja«, antwortete Lana höflich und setzte sich an den Tisch, wo ihr die Fee gleich ein Heißgetränk eingoß. »Wie bin ich denn ... ins Bett gekommen?«, fragte das Mädchen unsicher.

»Du bist auf der Kutsche eingeschlafen. Terek hat dich dann auf dein Zimmer gebracht, wo ich dich entkleidet und ins Bett gelegt habe. Um dich nicht aufzuwecken, habe ich darauf verzichtet, dir das Nachthemd anzuziehen. Wahrscheinlich warst du heute Morgen deswegen verwundert. Ich hoffe, du bist nicht verärgert«, erklärte Maru geduldig.

»Nein!«, beeilte sich Lana zu antworten. »Danke, dass du mich ins Bett gebracht hast.«

»Gern geschehen. Und jetzt lass es dir schmecken!«, forderte die Fee sie fröhlich auf und ging in die Küche.

Lana schämte sich dafür Terek oder Maru verdächtigt zu haben, dass sie Hand an sie gelegt hatten. Marus Aura hatte nicht einmal kurz geflackert, sondern war stets weiß und hell geblieben, als sie ihr schilderte, wie sie Lana ins Bett gebracht hatte, was eindeutig zeigte, dass sie die Wahrheit sprach! Nein, die beiden würden ihr bestimmt niemals so etwas Gemeines antun! Doch entsprechend ihrer Vorgeschichte war es kein Wunder, dass sie zuerst an einen weiteren Missbrauch gedacht hatte, als sie so spärlich bekleidet erwacht war! Sie war nun einmal ein gebranntes Kind! Glücklicherweise hatte Lana keinerlei Verdächtigungen ausgesprochen oder sich dem entsprechend verhalten. Somit war niemand zu Schaden gekommen und es hatte auch keine Missverständnisse gegeben, weshalb das Mädchen beschloss, die Sache auf sich beruhen zu lassen. So genoss sie wieder ein üppiges Frühstück, bis Maru wieder ins Esszimmer kam. »Ich hoffe, ich bin nicht zu spät aufgestanden«, sagte das Mädchen ein wenig verlegen.

Die Fee schüttelte lächelnd den Kopf. »Keine Sorge, im Moment hast du ja noch keine Pflichten, sondern sollst dich erst einmal von deiner Reise auf diese Welt erholen. Außerdem war der Tag gestern wahrscheinlich doch recht anstrengend für dich. Deshalb ist es wichtig, dass du genug Ruhe findest, um wieder Kraft zu tanken. Denn du musst dich ja auch erst einmal hier einleben.

Also mach dir keine Gedanken darüber, sondern genieße einfach deine Zeit.«

»Danke, das ist sehr nett von euch!«, sagte Lana verlegen.

»Wart's nur ab, bis du mal mehr zu tun hast. Dann wecke ich dich mit einem großen Eimer kaltes Wasser!«, drohte Maru scherzhaft.

»Oje, da hab ich mich ja auf was eingelassen«, meinte Lana und zog in gespielter Furcht den Kopf ein.

Maru lachte auf und verstrubbelte ihr die Haare. »Lass es dir bis dahin gutgehen«, sagte sie zwinkernd.

»Wenn du mich aber weiter mit dem Essen so verwöhnst, pass ich wohl bald nicht mehr in meine Kleider«, gab Lana lächelnd zu bedenken.

»Keine Sorge, wir beschäftigen dich dann schon so weit, dass du nicht zu sehr zunimmst«, sagte die Fee mit einem spitzbübischen Lächeln.

»Dann höre ich jetzt besser auf mit essen«, konterte das Mädchen.

Maru ließ noch einmal ihr helles Lachen ertönen und warf dann Lana einen liebevollen Blick zu. »Iss dich ruhig satt kleine Elfe, damit du groß und stark wirst.« Dann streichelte sie dem Mädchen über den Kopf. Lana schenkte ihr daraufhin ein dankbares Lächeln. »Wenn du willst, kannst du Terek und mir nachher beim Heilkräuter sammeln helfen.«

»Mach ich gerne!«, sagte Lana begeistert.

»Gut. Ich habe noch etwas zu tun. Frühstücke in Ruhe zu Ende, ich komm dann wieder zu dir«, sagte Maru und ging hinaus.

Kurze Zeit später war das Mädchen satt. Um der Fee wenigstens etwas behilflich zu sein, trug sie das Geschirr in die Küche und brachte auch Teile des Buffets zurück, bis Maru wieder kam.

»Das war doch nicht nötig«, sagte die Fee gerührt.

»Ich kann dir doch nicht die ganze Arbeit überlassen und mich nur verwöhnen lassen«, meinte Lana verlegen.

»Danke! Du bist ein liebes Mädchen!«, antwortete Maru. Dann räumten sie zusammen die Küche auf und erledigten den Abwasch. Anschließend gab die Fee Lana einen Korb und führte sie auf die Wiese neben dem Haus, wo Terek bereits eifrig Kräuter sammelte. Etwas weiter hinten graste Tobbs friedlich vor sich hin. Als der Heiler Lana und Maru sah, winkte er ihnen zu. Die beiden winkten zurück und gesellten sich zu ihm.

»Guten Morgen kleine Elfe«, begrüßte Terek das Mädchen liebevoll. Lana gab den Gruß etwas verlegen zurück. »Hast du gut geschlafen?«

»Danke, sehr gut«, antwortete das Mädchen.

»Ich hoffe, ich habe dich gestern nicht überanstrengt«, fragte Terek besorgt.

Lana schüttelte den Kopf. »Nein, keine Sorge. Mir geht es gut.« Wieder war sie gerührt von der Rücksicht und der Sorge um sie.

»Dann komm mal näher, damit ich dir die wichtigsten Heilkräuter zeigen kann«, forderte sie der Heiler auf. Lana kam seinem Wunsch gerne nach und schon bald, war ihr Korb halbvoll mit den Pflanzen gefüllt. Zwischendurch plauderte der Heiler mit ihr und Maru über den gestrigen Tag. »Du hast gestern zu Lema gesagt, dass Soruk bald wieder gesund sein wird. Hast du das nur gesagt, um sie zu beruhigen, oder hattest du einen bestimmten Grund dafür?«, fragte er das Mädchen.

Lana zuckte zusammen, sah ihn kurz ängstlich an und senkte dann traurig den Blick. »Ihr werdet es ja sowieso irgendwann erfahren, dann kann ich es euch auch gleich erzählen«, sagte sie leise ohne aufzusehen. Terek und Maru wechselten einen erschrockenen Blick und sahen dann Lana fragend an. »Ich habe eine unangenehme Gabe. Ich spüre die Gefühle der Menschen um mich herum sehr viel stärker als andere Menschen! Außerdem kann ich ihre Gefühle regelrecht sehen, weil sie sich in einem mehr oder weniger intensiven Halo um die Menschen zeigen, dessen Farbe und Intensität von ihrem Zustand und ihrem Charakter abhängt. Dabei kann ich auch sehen, ob jemand krank ist, oder demnächst stirbt. Das verwirrt oder ängstigt mich oft sehr, denn ich kann mich gegen diese starken Gefühle nicht wehren, weshalb ich mich wohl manchmal seltsam verhalte. Wahrscheinlich macht euch das jetzt Angst, oder ihr haltet mich für verrückt. Vielleicht hasst ihr mich jetzt auch und wollt mich nicht mehr in eurer Nähe haben. Wer will schon mit so einem Monster etwas zu tun haben, mit roten Haaren und eisgrauen Augen...« Ihre Stimme brach. Sie fiel auf die Knie, legte die Hände vors Gesicht und begann leise zu weinen. Terek und Maru wechselten erneut einen erschrockenen Blick, dann kniete sich Maru neben sie, nahm Lana in den Arm und streichelte sie sanft. »Nicht wahr, ihr wollt mich jetzt auch nicht mehr bei euch haben...«, flüsterte das Mädchen entmutigt.

»Aber nein, wir lieben dich immer noch«, sagte Maru mit rauer Stimme.

»Ach was! Jemanden wie mich kann man doch gar nicht lieben! Ich bin doch nur ein hässliches, verrücktes, unheimliches Monster...« Wieder brach ihre Stimme. Sie begann noch heftiger zu weinen und versuchte sich Marus Umarmung zu entziehen, doch die Fee ließ es nicht zu und drückte das verzweifelte Mädchen behutsam an sich.

»Du bist kein Monster, sondern ein liebes Mädchen mit einer besonderen Gabe!«, sagte Maru etwas energischer, doch Lana schüttelte nur weinend den Kopf.

»Nein! Ich bin es nicht wert geliebt zu werden...«, flüsterte Lana unter Tränen.

Terek war bleich geworden, kam näher, kniete sich ebenfalls neben Lana und nahm sie in den Arm. »Was redest du denn da! Jeder Mensch ist es wert geliebt zu werden. Vor allem du, denn du bist mehr als liebenswert, warmherzig, hilfsbereit und gütig! Egal, was für schreckliche Dinge sie in der Vergangenheit über dich gesagt haben. Du bist kein Monster! Du bist nicht verrückt oder unheimlich und hässlich bist du schon gar nicht! Im Gegenteil! Du bist das liebste, hübscheste und gütigste Mädchen, das ich je kennengelernt habe! Deine Gabe ist nichts Schlimmes, sondern etwas sehr Besonderes. Ich kann gut verstehen, dass du in deinem jungen Alter noch sehr unter diesen starken Gefühlen leidest und sie dich ängstigen, aber ab jetzt bist du nicht mehr alleine. Ab jetzt werden wir uns um dich kümmern, dich unterstützen und dir beistehen, so gut wir nur können! Denn wir lieben dich beide sehr! Daran ändert auch deine Gabe nichts!«

»Ihr ... schickt mich ... nicht ... fort?«, fragte Lana leise.

»Aber nein! Du gehörst doch jetzt zu unserer Familie!«, versicherte Maru.

»Familie?«, fragte das Mädchen ungläubig.

»Ja, genau! Du gehörst zu unserer Familie!«, bestätigte nun auch Terek.

»Dann ... darf ich wirklich ... bei euch ... bleiben?« Lana konnte es kaum glauben.

»So lange du willst! Du bist hier willkommen und wir haben dich lieb!«, versicherte Terek und streichelte ihren Kopf.

»Ganz bestimmt?«, wollte das Mädchen wissen.

»Ganz bestimmt!«, bestätigte Maru und gab ihr einen Kuss auf die Wange.

Auf einmal war Lana überglücklich! Doch gleichzeitig bahnte sich der ganze Schmerz, die Angst, die Verzweiflung und die Trauer der letzten Jahre ihren Weg nach draußen und das Mädchen wurde von einem heftigen Weinkrampf geschüttelt. Sie weinte lange in den Armen ihrer neuen Eltern, bis die Tränen endlich versiegten. Dann erzählte sie Terek und Maru ihre traurige Geschichte. Wie sie im Alter von fünf Jahren zur Vollwaise wurde, dann mehrmals in der Verwandtschaft herumgereicht schließlich bei mehreren Pflegefamilien landete, die jedoch auch nicht mit ihr klarkamen. Wie sie dort sogar sexuell missbraucht wurde. Welches Martyrium sie in den Schulen erlitt, die sie besuchte, bis sie schließlich auf Arkunai im Garten des Heilers lag. Terek war zutiefst erschüttert und Maru hatte Tränen in den Augen. Beide konnten kaum glauben, was das arme Kind alles erdulden musste! Kein Wunder war sie so scheu, extrem verunsichert und fühlte sich ständig fehl am Platz, unerwünscht und abgeschoben! Keiner hatte je Verständnis für sie aufgebracht, die besondere Situation durch ihre Gabe berücksichtigt. Niemand wollte sie verstehen, ihr über die Ängste hinweghelfen, die sie wegen ihrer besonderer Fähigkeiten erlitt. Stattdessen wurde sie nur immer wieder ausgegrenzt, verspottet, erniedrigt und verletzt. Systematisch wurden ihr Selbstwertgefühl und ihr Urvertrauen zerstört, bis fast nichts mehr davon übrig war! Das alles nur, weil sie aufgrund ihrer besonderen Gabe dazu verurteilt war, schon im Kindesalter die Gefühle ihrer Mitmenschen übermäßig stark zu empfinden, obwohl ihr junger Geist noch gar nicht in der Lage war, dies zu verstehen und zu verarbeiten. Die daraus resultierende Unsicherheit und Angst machte alles nur noch schlimmer! Anstatt ihr beizustehen und sie zu stützen, schickten ihre Mitmenschen sie durch eine Hölle aus menschlicher Kälte, Bosheit, Egoismus, Unverstand und Grausamkeit! Wahrscheinlich rettete der Sturz auf die Welt Arkunai ihr Leben, denn Lana hatte die Hoffnung auf ein Zuhause bereits aufgegeben, und war kurz davor, an der Situation zu zerbrechen! Doch nun hatte sie endlich eine Familie, war an einem Ort wo sie geliebt und verstanden wurde! Das Mädchen fragte sich nur, warum sie erst auf einer fremden Welt die Liebe und Zuneigung fand, die ihr zustanden. Warum hatte sie dies nicht auf der Erde bei den Menschen gefunden? Sie fand nie eine Antwort auf diese Frage!

Terek machte ihr ein Angebot: »Du hast gesagt, du bist gerne in der Natur draußen, interessierst dich für die Heilkräuter und wie ich daraus Medizin herstelle. Wenn du willst, bilde ich dich zum Heiler aus, damit du eines Tages mein Nachfolger wirst. Deine Gabe wird dir dabei von Vorteil sein, denn so erkennst du schneller, ob jemand erkrankt und woran er leidet. Denk in Ruhe darüber nach und lass dir Zeit mit deiner Entscheidung. Falls du lieber etwas anderes machen willst, so werden wir dich auch dabei unterstützen, so gut wir können!«

»Danke, das ist total lieb von euch!«, antwortete Lana gerührt. »Ich werd's mir überlegen.«

»Gut!«, meinte Terek und streichelte ihr über den Kopf. Dann zögerte er kurz. »Nachdem du uns nun von dir erzählt hast, will ich dir auch noch etwas über mich erzählen. Ich bin nämlich kein Mensch, sondern ein Harkyl.« Dann erhob er sich und ging ein paar Schritte weg. Dort blieb er stehen, schloss die Augen und konzentrierte sich. Im nächsten Moment wurde sein Körper transparent und begann zu leuchten, wuchs auf die dreifache Größe und verformte sich dabei, bis er die Gestalt eines echsenähnlichen Wesens annahm. Dann versiegte das Leuchten. Lana und Maru hatten sich inzwischen ebenfalls erhoben, wobei die Fee das Mädchen immer noch umarmte. Vor ihnen stand ein drachenartiges Wesen, das jedoch keine Schuppenhaut, sondern ein dunkelblaues, metallisch glänzendes Gefieder trug. Die starken Beine endeten in kräftigen Füßen mit langen Krallen. Auf dem Rücken waren vier mächtige Schwingen zusammengefaltet. Der lange Schwanz trug einen langgezogenen, rotglühenden Stachel an seiner Spitze. Der breite Kopf saß auf einem längeren Hals und lief spitz zu. Zwei gelbe Augen sahen Lana freundlich an. »Das ist meine eigentliche Gestalt. Ich hoffe nur, dass du dich jetzt nicht vor mir fürchtest.«

Das Mädchen lief fasziniert auf Terek zu, stellte sich neben seinen Kopf und streichelte sanft darüber. »Auch in dieser Form ist deine Aura reinweiß und hell, denn du bist gütig und liebevoll und würdest mir niemals etwas Schlimmes antun. Nein, ich werde nie Angst vor dir haben!«

»Das freut mich«, sagte Terek leicht verlegen und gab Lana einen sanften Nasenstubbser, was sie mit einem amüsierten Lächeln quittierte. »Es gibt nicht mehr viel von uns. Da wir unsere Gestalt wandeln können, leben wir meist als Menschen, da wir so am flexibelsten sind. So habe auch ich mich für diese Form entschieden. Tritt bitte etwas zurück, dann nehme ich meine alte Form wieder an. Lana tat ihm den Gefallen und kurze Zeit später stand Terek wieder in seiner menschlichen Gestalt vor ihr. »Dann werde ich dir jetzt zeigen, wie ich meine Medizin herstelle, kleine Elfe«, sagte der Heiler lächelnd, streichelte dem Mädchen über den Kopf, legte einen Arm um ihre Schultern und wandte sich dem Haus zu. Maru gesellte sich zu ihnen und sie gingen gemeinsam ins Haus zurück, das von nun an Lanas Zuhause war.

Wenn Sie, geehrte Leser, wissen wollen, wie die Geschichte um Lana weitergeht, können sie das in dem schon bald erscheinenden Buch mit dem Titel: Arkunai – Lanas Ankunft.

Nachwort

Liebe Leser,

Sie sind nun an das Ende unseres kleinen Büchleins gekommen. Wir hoffen, Sie gut und abwechslungsreich unterhalten zu haben.

Falls Sie beim Lesen auf den Geschmack gekommen sind und den einen oder anderen Autoren für sich entdeckt haben, so gibt es von diesen viele weitere schöne Bücher bei mir im Laden zu entdecken.

Falls Sie nach dem Lesen dieses Buches noch Fragen, Anregungen, Vorschläge haben, können Sie sich gerne mit mir in Verbindung setzen. Ich bin offen für kreative Ideen. Ralf Neubohn, Antiquariat der Nöck, Zwerchgasse 6, 71332 Waiblingen, Telefon 07151 1336165, E-Mail: antiquariat.noeck@gmx.de

Unter dieser Adresse können Sie sich auch bei mir melden, falls Sie einmal eine Lesung buchen wollen.

Mit freundlichen Grüßen und bis bald?

Ihr Ralf Neubohn

Über den Autor Ralf Neubohn:

Ralf Neubohn hat bereits zahlreiche Bücher geschrieben bzw. herausgegeben und ist einem breiten Publikum durch regelmäßige Lesungen bekannt. Er betreibt ein angesehenes Buchantiquariat und fördert neue Autoren durch Herausgabe von Anthologien und Veranstaltung von Lesungen.

Er hat auch mehrere Literaturpreise gestiftet. Z.B. den „Neuen Literaturpreis Remstal".

Neubohn schreibt Krimis, Lyrik, heitere Romane und Kurzgeschichten.

Sein Kurzkrimiband „Neubohns Krimihäppchen" kommt bei den Lesungen immer besonders gut an. Bei den heiteren Büchern vor allem „Alle Autoren an Bord!" und „Im Tal der Autoren".

Beide Bände haben den Vorteil für die Leser, dass sie mit diesen einen humorvollen Blick hinter die Kulissen des Autorentums werfen können. Und das ist doch ganz interessant und lehrreich.

Lesetipp:

Ralf Neubohn und Michael Kerawalla: „Im Tal der Autoren"

Für dieses Buch schrieb Ralf Neubohn unter anderem folgende Texte:

Der Roman

Sam beendete 3 Jahre Schreibarbeit an seinem neuesten Roman mit einem guten Gefühl. Alle goldenen Regeln seines Verlegers fanden sich in dem Werk wieder. Anspruchsvoll geschrieben, ein kritischer Spiegel der Zeit und sorgfältig recherchiert.
Stolz begab er sich damit zu seinem langjährigen Verleger. Dieser las das Buch mit einem Stirnrunzeln durch und sprach die goldenen Worte: „Um erfolgreich zu sein, darf ein Roman nirgends politisch anecken. Streichen Sie daher bitte alle betreffenden Stellen. Natürlich wollen wir auch niemandes religiöse Gefühle verletzen oder Wirtschaftsbossen auf die Füße treten. Sie verstehen doch, dass diese Teile deshalb raus müssen. Zuviel Sex und Gesellschaftskritik sind auch nicht mehr zeitgemäß, sie fallen ebenfalls weg. Natürlich wollen wir uns bei niemandem anbiedern und langweiligen Mainstream vermarkten, wir passen uns nur etwas der Zeit an." Damit gab er den von 520 Seiten auf 3 Seiten gekürzten Roman in Druck, der ein großer Erfolg wurde.

Zurück zu den Wurzeln

Seneca, Cato und Tolstoi hatten vollkommen recht: Nichts geht über das einfache Landleben. Weg von all dem unnötigen Schnickschnack zurück zum Urtümlichen. Nur von den allernotwendigsten Hilfsmitteln begleitet leben.
Während ich diese Zeilen auf meinen Laptop schreibe, geht draußen die Außenbeleuchtung automatisch an. Vermutlich ist eine Katze durch die Lichtschranke gelaufen. Ein Surren zeigt an, dass die Rollläden mittels Zeitschaltuhr pünktlich heruntergelassen werden. Ich gehe in die Küche aus der Tiefkühltruhe frisches Gemüse für die Mikrowelle holen. Unterwegs blinkt mich im Flur das drohend rote Auge des Anrufbeantworters an. Aus dem Büro höre ich das Fax nach neuem Papier fiepsen und Informationen aus dem Internet plärren.
Bei so viel Stress starte ich mittels Fernbedienung erstmal eine Musik-CD und gönne mir aus der chromglitzernden Expressomaschine ein Anregungsmittel. Zwischenzeitlich ist das Gemüse fertig geworden. Es hat dieses Mal 1 skandalöse Minute länger gedauert! Zeit die alte Mikrowelle gegen eine schnellere auszutauschen! Ich muss wegen eines neuen Navigationsgerätes sowieso in die Stadt.
Im Esszimmer angekommen greife ich zur Gabel, als sowohl das Handy klingelt, als auch das E-Mail Postfach nach mir verlangt. Doch die müssen beide in die Warteschleife, da pünktlich zum Essen im Fernsehen meine Lieblingsserie startet, die ich auf dem extragroßen LCD-Bildschirm sehe.
Mittels Fernbedienung schalte ich die Heizung etwas höher und genieße die Wärme und das Mikrowellengemüse sehr.
Ja, die großen Denker wussten, was sie sagten: NICHTS geht über das urtümliche, einfache Landleben! Zurück zu den Wurzeln!

Lesetipp:

Flammenfeder „Live von der Gartenschau"

In diesem Buch berichten Ralf Neubohn und Michael Kerawalla heiteres aus dem Paradies für Blumenliebhaber. Beide sind Mitglieder der Autorengruppe Flammenfeder, die dieses Buch herausgebracht hat. Folgend ein paar Textproben Ralf Neubohns daraus:

Computerexpertin Petrulia

Paul saß zufrieden in seinem Kinderzimmer, heute gab's in der Schule endlich mal keine Hausaufgaben. Er konnte also nun die langersehnte Radtour auf dem Gartenschaugelände machen! Er freute sich sehr darauf. Draußen schien die Sonne und rief ihm förmlich zu: „Komm, komm!" Als er gerade zu seinem Drahtesel eilen wollte, stand plötzlich seine nervige Schwester Petrulia in der Tür. Was für ein Schock, denn das bedeutete stets etwas Schlimmes.

Sie sprach: „Paul! Ich muss noch von gestern meine Hausaufgaben nachholen. Da es soviel ist, mache ich sie an Deinem Computer." Paul zuckte tief erschrocken zusammen. Seine chaotische und eingebildete Schwester an seinem geliebten Computer! „Dich kann ich nicht allein an meinen PC lassen. Du hast doch keine Ahnung davon!"

Petrulia erwiderte triumphierend: „Mutter hat es mir erlaubt! Sie meint, dass ich groß genug dazu bin."

Paul biss sich auf die Zunge, um nichts über ahnungslose Mütter im Allgemeinen und vor allem in diesem speziellen Fall zu sagen, und startete gottergeben seinen Computer. Er harrte schicksalsergeben der nun folgenden inneren Leiden, die auch prompt eintraten.

„Paul? Was heißt eigentlich PC? Pauls Computer?"

„Nein", entgegnete er genervt. „Es heißt Petrulias Chaos. So, jetzt gebe ich das Codewort ein."

„Kotwort", zischte Petrulia entsetzt. „Heißt dass, dass der Computer mit Scheiße zu tun hat?"

Paul stöhnte verzweifelt. Mütter und Schwestern konnten einem wirklich das Leben versauern. Von wegen Petrulia ist groß genug! Doch da er noch mit dem Rad wegwollte, ließ er sich auf keine Diskussion ein. „So, jetzt mache ich nur noch schnell einen Quick Scan."

Petrulia starrte ihn schockiert an. „Warum wird ein Schwein geröntgt? Oder wird das Schwein wie die Waren an der Supermarktkasse gescannt? Aber wozu? Was hat das denn jetzt mit uns zu tun?"

„Schwestern gehört das Gehirn gescannt", dachte er erbittert. „Sofern sie denn überhaupt eins haben."

Laut giftete er: „Das hat nichts mit Schweinen zu tun! Es ist eine wichtige Funktion des Virenscanners."

„Ach", seufzte Petrulia erleichtert. „Hat Dein PC Grippe? Sag das doch gleich!"

Paul brummelte ablenkend: „Wir schreiben nachher Deine Hausaufgaben in Times New Roman."

„WAS?" rief Petrulia begeistert. „Meine Hausaufgaben kommen in der Times als neuer Roman? Ich wusste doch, dass meine Aufsätze super sind. Nur meiner dummen Lehrerin ist das noch nicht klar."

Paul litt entsetzlich, wir legen den Mantel des gnädigen Schweigens über die nächste Stunde. So meinte seine Schwester unter anderem: „Tool bar? Das ist toll, denn ich habe gerade Durst."

Als nach vielen inneren Leiden seine Schwester ihn verließ, warf sich der arme Paul völlig erledigt aufs Bett.

Dort fand ihn dann später seine Mutter: „Was machst Du hier noch? Ich dachte, Du wolltest radeln! Dauernd hast Du beim Mittagessen genervt, dass Du heute eine Radtour machen willst. Nutze nun auch wirklich die schöne Sonne aus. Also, mit Euch jungen Leuten ist einfach nichts mehr los! Ihr wisst einfach nicht, was Ihr wollt! Erst nervst Du beim Mittag wegen dem Radeln und dann liegst Du den ganzen Nachmittag nur faul rum!"

EOCXTE – CD Shop

Eines Tages erschien in einem aus Datenschutzgründen nicht näher genannten Geschäft in Waiblingen ein neuer Kunde. Die Ladenbesitzerin bediente ihn zuvorkommen und sagte später beim Abschied: „Ich hoffe, Sie kommen bald wieder."
    Der Kunde antwortete galant: „Sicher. Sie sind so kompetent und freundlich wie Herr Neubohn es neulich bei der Lesung auf der Gartenschau erzählte. Er liest ja öfters in verschiedenen Läden unserer schönen Stadt, um dadurch die Innenstadt zu beleben. Eine gute Idee von ihm. Auf wiedersehen Frau Elpinike."
    Das Lächeln der Ladeninhaberin erlosch so plötzlich, wie das Lächeln eines Managers, wenn es keine 10 % Boni gab. Sie erwiderte erstaunt: „Elpinike? Ich heiße Röchelbaum."
    „Oh", flüsterte der Kunde. „Entschuldigen Sie bitte die Verwechslung. Ich dachte Sie heißen; Eutalia Ottilie Clothilde Xanthippe Tussnelda Elpinike und sind die Inhaberin."
    Frau Röchelbaums ohnehin schon große Augen wurden noch größer, wie im Märchen vom Rotkäppchen – damit ich Dich besser sehen kann – und ihr Mund wuchs auch – damit ich Dich besser fressen kann - !
    „Ich bin die Inhaberin. Hier gibt es keine Frau Eutalia Ottilie Clothilde Xanthippe Tussnelda Elpinike. Wie kommen Sie denn darauf?"
    „Ach", raunte der Mann erstaunt. „Da muss Herr Neubohn was verwechselt haben. Als er mir von ihrem schönen Laden EOCXTE – CD Shop erzählte, fragte ich ihn, was der Name EOCXTE voll ausgeschrieben heißen würde. Und er meinte: Ah, öh, natürlich ist es wie bei den meisten Läden, er ist nach der Inhaberin benannt. Und der Name der Inhaberin lautet hier Eutalia Ottilie Clothilde Xanthippe Tussnelda Elpinike."
    Wir wissen leider nicht, was Frau Röchelbaum dachte, als sie dies hörte, aber Herr Neubohn bekam tags darauf gründlich den senilen Kopf gewaschen. Das beweist mal wieder: Die Schwaben sind in Wahrheit gar nicht so geizig! Denn in Schwaben wird oft jemand gratis der Kopf gewaschen und das trotz der teuren Schampoopreise!

Besuch auf der Gartenschau

Claudia, Elke und Sieglinde saßen auf den Remsterrassen und schauten herab in die tobenden Fluten der Rems. Da zur Zeit der Pegel auf Rekordtief lag, schauten aus den mächtigen Fluten zwei kleine Inseln heraus. Was die drei nicht wussten: es waren keine kleinen Inseln. Sondern die verschütteten Vulkankegel der Insel Atlantis, die bis zu einem großen Vulkanausbruch in der Rems lag. Die drei Mädchen lösten sich vom Anblick der vermeintlichen Remsinseln und gingen mit ihren Freunden weiter über das wunderschöne Gartenschaugelände. Bisher verlief alles friedlich. Sonst gerieten sich ihre Freunde im Fußballstadion oder bei politischen Veranstaltungen immer in die Haare. Doch heute würde es sicherlich harmonisch verlaufen, nichts ist besänftigender fürs Gemüt, als Sonne und schöne Blumen. Dachten die drei Mädels, bis es bei einem besonders reizenden Blumenbeet wieder zwischen den drei Jungs krachte: „Du vulgäres Veilchen! Die schönsten Blumen sind die Rosen!" „Quatsch! Du rostige Rose! Nichts geht über zarte Veilchen! Und wenn Du willst, kannst Du von mir gleich zwei blaue Veilchen haben." „He, hört, mal ihr zwei Streithähne, am schönsten sind die Tulpen." „Was? Das hätten wir wissen müssen, dass Du eine tumbe Tulpe bist. Du mit Deiner krakeligen Kaktusnase!"

So ging es den ganzen Nachmittag weiter. Die leidgeprüften Mädchen beschlossen deshalb am nächsten Wochenende lieber mit ihren Freunden ins Fußballstadion zu gehen, denn dort dauerte deren Zoff untereinander nur 90 Minuten.

Lesetipp:

Ralf Neubohn: „Die Gartenschau Morde"

Enthält Kurzkrimis und schwarze Humor Gedichte.

Das Gartenschauwunder

Hans saß auf den Remsterrassen und las sein Lieblingsbuch „Neubohns Krimihäppchen" zu Ende. Er las es seit Jahren immer wieder von vorn, weil ihn diese Mischung aus Kurzkrimis und Humor sehr ansprach.

Nun griff er zu Neubohns originellem Werk „Im Tal der Autoren", um es ebenfalls in Ruhe zu genießen. Die Sonne schien, vor ihm floss die Rems plätschernd vorbei, was konnte es Schöneres geben? Völlig entspannt blickte er auf die beiden Remsinseln zu seinen Füssen und schlug das Buch mit den heiteren Geschichten aus dem Autorenleben voller Vorfreude auf.

Doch dann schoss es ihm durch den Kopf: „Ich bin doch nicht zum Lesen hier, sondern zum Arbeiten!" Bedauernd legte er das Buch zur Seite und stand auf. Nur durch seine hohe, professionelle Arbeitseinstellung gelang ihm der Aufbruch aus dem sonnigen Paradies. Überall schlenderten seine Kunden über das Gartenschaugelände. Hans gefiel am besten der Teil beim See am Hallenbad und jener bei der Kunstlichtung. Dort fanden immer so schöne Lesungen statt. Doch wo auch immer seine Kunden auf ihn warteten, da ging er hin. Vom Bädertörle in Waiblingen bis nach Schorndorf lag sein Arbeitsbereich. Sein ganzer Ehrgeiz lag darin, dort überall gleichmäßig gut zu arbeiten.

Kein Gebiet des schönen Gartenschaugeländes durfte vernachlässigt werden. Denn die Arbeit rief überall dauernd nach ihm. Eine große

Verantwortung lag auf Hans. Es gab sehr viel zu erledigen. Die Gartenschau kam gerade im richtigen Augenblick, um in finanziell schwerer Zeit Geld in seine Kassen zu spülen. Dankbar dachte er: „Ein Wunder, diese Gartenschau! Schönes Gelände, wunderbare Blumen, ein Ort zum Genießen. Und um nebenbei gute Geschäfte zu machen! Was will man mehr?"
Zufrieden schlendernd besah er sich entzückt die Landschaft und die Hosentaschen der Besucher. Ein Traum für Taschendiebe wie ihn. Vielleicht treffen sie ihn ja mal an seinem Arbeitsplatz. In diesem Falle wünsche ich Ihnen viel Glück!

Überraschung!

Herr S. Chrecklich spazierte in Weinstadt über das Gartenschaugelände. Ihm gefiel die schön gestaltete Anlage sehr. Vor einem Blumenbeet mit roten Rosen blieb er bewundernd stehen. Wie prachtvoll sie blühten! Neben den Rosen stand einzeln eine sehr große, äußerst merkwürdige Pflanze. Er konnte sie keiner ihm bekannten Art zuordnen. Diese Pflanze lenkte ihn so ab, dass er das Herannahen eines offensichtlich tollwütigen Hundes erst zu spät bemerkte. Es blieb ihm keine Zeit zu fliehen, keine Chance auf Rettung. Herr S. Chrecklich schloss erstarrt vor Schreck die Augen. Ein lautes „Schlurp" ließ ihn auffahren. Die Pflanze hatte sich über den Hund gebeugt und ihn verschlungen! Vermutlich ein Ergebnis des Klimawandels. Früher gab es hier in Weinstadt keine fleischfressenden Pflanzen. Da kam ihm eine geniale Idee! Auf diese Art könnte er seinen nervigen Schwager loswerden! Diesen ohne Spuren beseitigen! Der perfekte Mord! Einfach genial! Bereits zwei Tage später schlenderten sie beide gemeinsam über die Gartenschau. Als niemand in Sicht war, schlug er seinen verhassten Schwager nieder und schleifte den Betäubten zur fleischfressenden Pflanze. Diese würde mit einem lauten „Schlurp" alle Spuren seiner Tat wie geplant beseitigen. Tat sie auch. Nur schluckte sie beide zusammen weg. Tja, selbst der beste Plan kann einmal scheitern.

Reizende Reise

Richard R. Riesling befand sich gern auf deutschen Gewässern. Ob Bodensee, Mosel, Rhein, überall gefiel es ihm ausnehmend gut. Leider mochten ihn seine Mitpassagiere umso weniger. Es muss leider gesagt werden: Herr Riesling trank meist härtere Sachen als Riesling und wurde dann extrem unleidlich. Häufig sogar gewalttätig.

Bei seiner neuesten Kreuzfahrt fuhr er auf dem Neckar an der Gartenschaustadt vorbei, als es zu einem schwerwiegenden Zwischenfall kam.

Seit 20.00 Uhr hielt er sich an seine strenge Whiskydiät und nahm nichts anderes mehr zu sich. Mit jedem weiteren Glas stieg seine Gewaltbereitschaft und er pöbelte immer häufiger seine Mitreisenden übel an.

Gegen Mitternacht schrie Herr Riesling Frau Nemesis an: „Was geht es Sie an, wie viel ich trinke? Und wem ich meine Meinung sage? Was denken Sie eigentlich, wer Sie sind?" Darauf kam drohend die unheilverkündende Antwort: „Wie ich Ihnen schon sagte, ich bin Nemesis!" Da unser Reisender sich nur mit Alkohol auskannte und mit sonst gar nichts, stürzte er sich auf Nemesis, um sie von Bord zu stoßen.

Durch einen Kampfsporttrick seines vermeintlichen Opfers landete der Alkoholiker stattdessen selber im Neckar. Der Kapitän hörte das Aufklatschen im Wasser und rief: „Mann über Bord!", was sofort die verschiedensten Rettungsmaßnahmen einleitete. Doch die Dunkelheit behinderte die Suche so sehr, dass er erst zu spät aus dem Hades, äh, Neckar gefischt wurde.

Der Kapitän sah den Ertrunkenen vor sich auf den Planken liegen und sprach nachdenklich: „Riesling verträgt sich mit zuviel Wasser nicht!" Ein Satz, in dem viel Wahrheit lag. Die Suche nach Nemesis blieb erwartungsgemäß erfolglos, denn die kommt und geht bekanntlich, wie sie will.

Der Banküberfall

Xavers Plan bot sich förmlich von selbst an. Durch die Touristen, die zur Gartenschau wollten, kam in Heilbronn der normalerweise schon starke Feierabendverkehr fast zum Erliegen.

Wer zu dieser Zeit eine Bank überfiel, konnte sich sicher sein, dass die Polizei zu lange brauchen würde, um sich durch den Stau von Pendlern und Touristen durchzukämpfen. Bis sie die Bank erreichte, befand er sich mit seinem Fluchtauto schon wo ganz anders.

Er parkte direkt vor der Bank, stürmte mit gezogener Pistole herein und verlangte das Geld. Alles verlief gut, bis er aus seinen Augenwinkeln eine Bewegung am rechten Rand sah. Wo kam der Mann plötzlich her? Eben lag die Schalterhalle doch noch völlig leer vor ihm!

Hätte Xaver besser recherchiert, wäre ihm bekannt gewesen, dass rechts von den Schließfächern im Keller eine Treppe heraufführt. Und von dort stürmte nun ein Sicherheitsbeamter auf ihn zu. Spontan und eigentlich ungewollt erschoss Xaver ihn und flüchtet tief erschrocken zum Auto. Genauer gesagt zu dem Ort, wo sich bis vor kurzem sein Auto befand, bevor es ein Autodieb stahl. „Nun gut, dann fliehe ich halt zu Fuß", dachte er. Es war das Letzte, was ihm in Freiheit je durch den Kopf ging. Denn bei den oberflächlichen Besichtigungen des Tatorts hatte Xaver es versäumt, sich die Umgebung näher anzuschauen. Gegenüber der Bank lag ein Imbiss, in dem viele Polizisten verkehrten, die nun mit gezogener Waffe vor ihm standen.

Im Fußball wird so etwas Eigentor genannt. Dafür gibt es keinen Applaus, höchstens Buhrufe.

Lesetipp:

Ralf Neubohn und Michael Kerawalla: „Gartenschau Phantasie"

Die folgenden Textproben sind von Ralf Neubohn:

Die beiden Gartenschauen

Zweifellos sind die Gartenschauen in Heilbronn und an der Rems ein paar der schönsten, die es je gab. Sowohl von den Anlagen her, aber auch wegen dem wunderbaren Ambiente der Umgebung. Für jeden der seine Freude an den prächtigen Pflanzen auf dem Gartenschaugelände hat, stellt sich die Frage: Wie konnte diese verzaubernde Pracht entstehen? Das Geheimnis ist einfach und schon lange wohlbekannt: Nachts durchfliegen Elfen die Anlagen. Dabei hinterlassen sie ihren magischen Glanz, der sich auf alle Pflanzen wie Lack legt und diese besonders schön strahlen lässt. Besucher mit strahlendem Lächeln sind wohl früh morgens noch einer etwas verspäteten Elfe begegnet.

Ich wünsche Ihnen viel Spaß, in diesen verzauberten Elfengärten. Egal, ob an der Rems oder in Heilbronn: Ein Besuch lohnt sich!

Gartenschauromanze

Er sah das Mädchen an der Remsküste,
sie hatte wunderbare …. Ohren.

Ihr Anblick macht ihn froh,
vor allem der schöne … Ohrring.

Vielleicht würde das Schicksal ihn strafen,
doch wollte er mit ihr …. Ohrputzen.

Später flüsterte sie benommen:
„Hoffentlich werde ich kein … Ohrsausen bekommen."

Gratulation

Für die Gartenschauen in Heilbronn und an der Rems wurde nicht nur viel Herz und Ideenreichtum in Bezug auf Blumen gelegt, sondern auch der ganze Rahmen perfekt durchdacht. Um nur einige Beispiele zu nennen: die Remsterrassen, die Kunstlichtung, die Remsinseln, die verschiedenen künstlerischen Projekte. Etwa die Lesungen, die Skulpturen, die Kuben und vieles andere mehr. Ein rundherum gelungenes Gesamtkonzept erwartete die Besucher. Gratulation an die Verantwortlichen und die ehrenamtlichen Helfer! So, müssen Gartenschauen sein!

Nachts in der Gartenschau

Nervös huschte er über das Gartenschaugelände. Immer wieder drehte er sich hastig um, aber niemand schien ihm zu folgen. Fahrig wischte er sich den Schweiß von der Stirn und lief eilig weiter. Seine Schritte hallten laut durch die menschenleeren Grünanlagen. „Warum habe ich nur darauf eingelassen?", fragte er sich immer wieder. „Ich habe doch gewusst, dass es gefährlich wird."

Ängstlich packte er die Aktentasche mit dem wertvollen Inhalt fester an sich. Ein lautes Geräusch ließ ihn zusammenfahren. Sein Herz stand für Sekunden still, so sehr hatte ihn die Kirchturmuhr erschreckt. „Ich muss mich zusammenreißen", dachte er und blickte sich um. Da! Folgte ihm nicht doch jemand? Nein, er waren nur Bäume am Gehwegrand. Der Wind bewegte sie sachte. In der finsteren Nacht sahen sie aus wie gefährliche Wegelagerer. Inzwischen hörte die Kirchturmuhr auf, vier Uhr zu schlagen.

„Nur noch ein paar Straßen weiter", schoss es ihm durch den Kopf. „Dann bin ich in Sicherheit!" Schnell rannte er die letzten Gehwege des Gartenschaugeländes weiter, hinein in die Innenstadt. Seine Schritte hallten dort laut in den Gassen, Menschenmassen schienen ihm zu folgen, doch das war nur das Echo.

Mit rasendem Herzen schloss er die Tür zu seinem Buchantiquariat auf, schlüpfte schnell hinein und warf sie fest ins Schloss. Er hatte es geschafft. Nachdem er erleichtert eine Weile an der Tür gelehnt hatte, streichelte er liebevoll die Aktentasche und ging ins Büro seines Ladens. „Ich habe doch gleich gewusst, dass ich es schaffen werde", sinniert er nicht ganz wahrheitsgemäß. Behutsam nahm der Buchantiquar den wertvollen Inhalt seiner Tasche heraus und betrachtete ihn glücklich. Verstohlen schaute er sich schnell im Büro um, doch er war nach wie vor allein. Zärtlich streichelte er über das soeben auf der Kunstlichtung beendete Manuskript von „Gartenschau Phantasie", um das ihn sicherlich viele Konkurrenten beneideten. Zuviele! „Das Buch wird ein Knüller!" rief er triumphierend in die Leere hinein und lachte noch ein wenig erleichtert vor sich hin. Seine Nerven hatten sich gerade wieder von der nächtlichen „Hetzjagd" erholt, als ihn ein plötzliches Geräusch aufspringen ließ. Unter einem Ladentisch raschelte es. „Ach, bin ich dumm", dachte er. „Das wird nur die Katze sein."

Es war sein letzter Irrtum im Leben.

Der Schrecken der Gartenschau

Immer häufiger berichteten Gartenschaubesucher, dass es auf dem wunderschönen Gartenschaugelände bei Einbruch der Dunkelheit höchst merkwürdige Geräusche gab. Gruslige Geräusche, die niemand irgendwie, irgendwas zuordnen konnte. Am ehesten entsprach dieses nervtötende „Klick-Klack" einem Skelett aus einem Gruselfilm, welches sich dort mit diesen Geräuschen bewegte.

Darum wurde der bekannte Forscher Van Surprisle beauftragt, diesem nächtlichen Spuk auf die Spur zu kommen. Van Surprisle rüstete sich gegen die Gefahren mit einem großen Kruzifix, einem Revolver mit geweihten Silberpatronen, einem Kranz aus Knoblauch und einem Holzpflock. Beim Austreiben von nächtlichen Schrecken konnte ihm niemand das Weih-Wasser reichen! Apropos Wasser: Natürlich nahm er in einer Wasserpistole auch Weihwasser mit, um damit diverse Unholde zu „erschießen". Er schleppte schwer an diesen vielen Gegenständen in der lauen Sommernacht. Durchlief immer wieder das große Gelände. Nichts! Überhaupt nichts zu sehen und hören! Oder doch? Ja, ganz leise erklang ein geheimnisvolles „Klick-Klack". Schlichen sich Skelette an ihn an? Klapperten Vampire freudig mit ihren Fangzähnen?

Er zog die beiden Pistolen. Entweder mit Weihwasser oder geweihten Silberkugeln würde er dem Spuk ein Ende bereiten. Leise bewegte er sich auf das schaurige Geräusch zu. „Klick-Klack" ertönte es beim Näherkommen immer lauter. Van Surprisles Nerven vibrierten vor Spannung! Auf welches schreckliche Geheimnis würde er stoßen? Welches unvorstellbare Grauen lauerte dort im großen Gebüsch? Würden ihn Monster anfallen und zerfleischen? Oder schoss er schneller? Die Chancen in der Dunkelheit standen unentschieden! Seine am Schutzhelm befestigte Lampe strahle in das Gebüsch und er sah... ja, leider ist es wahr... kaum zu glauben... Murmeltiere! Sie spielten dort mit Murmeln! Und wenn diese aneinander stießen, ertönte in der ruhigen Nacht überlaut „Klick-Klack"!

Zuerst lächelte unser tollkühner Forscher erleichtert. Dann überkam in ein riesengroßer, lähmender Schrecken: Wie lächerlich würde sich dieses Ereignis in seiner Biographie ausnehmen! Er sah schon die Leute ihn höhnisch auslachen! Das musste verhindert werden. Doch wie? Dieses „Klick-Klack" musste schließlich überzeugend begründet werden. Er brauche eine logische, nachvollziehbare Erklärung, die seinen Ruf nicht gefährdete. Da kam ihm die Erleuchtung! Am anderen Tag sagte er völlig glaubwürdig auf einer Pressekonferenz, dass den Bürgern keine Gefahr drohe. Im Schutze der Dunkelheit tanzten nur die Skelette von im Moor ertrunkener im Gebüsch miteinander Tango. So lange niemand dem betreffenden Gebüsch zu nahe kam, passierte ihm nichts.

Das betreffende Gebüsch wurde zur Hauptattraktion der Gartenschau, um das sich die Besucher in gehörigem Abstand neugierig bis tief in die Nacht drängten.

Und wenn die Murmeltiere nicht gestorben sind, dann spielen sie noch heute mit Murmeln.

Lesetipp:

**Ralf Neubohn und Michael Kerawalla:
„Galaabend für die Gartenschau"**

Die folgenden Textproben sind von Ralf Neubohn:

Sensation

Als ich mich eines Tages nach einer Lesung bei den Kuben auf den Heimweg machte, erfüllte mich noch lange danach eine große Zufriedenheit. Nichts, aber auch gar nichts ist so schön, wie auf der wunderbaren Gartenschau zu lesen. Plötzlich riss mich ein außergewöhnlicher Anblick aus den Gedanken. Ein ungeheuer großer Fluss mündete in die Rems. So breit, wie der Amazonas. Ob es darin auch Kaimane gab? Oder gar Piranhas? Welcher gewaltige Strom mündete überhaupt hier in die Rems? Der Neckar? Aber der war doch nicht so ein gewaltiger, reißender Strom? Rätselhaft. Noch nie hörte ich von diesem beeindruckenden Naturereignis. Daheim schlug ich in mehreren Waiblinger Büchern über dieses Wunder nach, auf der Suche nach dieser gigantischen Überraschung. Dann fand ich endlich die Wahrheit. Nicht zu glauben. Die völlig verblüffende Antwort lautete: Kätzenbach! War der echt so groß? Hatte ich zu lange in der heißen Sonne vorgelesen? Die Leser dieses Buches können bei ihrem nächsten Besuch der Gartenschau selbst nachprüfen, welche der beiden Lösungsmöglichkeiten die Richtige ist.

Mooropfer?

Herr Richard T. Odschläger legte den Gruselroman zur Seite. „Wirklich", dachte er. „Wer glaubt schon an Sumpfgeister, Moorhexen und an das Wiedererwachen von rituell ermordeten Mooropfern?" Ein kühler Wind blies darauf durch den heiligen Hain. Heiliger Hain? Ich wollte sagen, durch die Kunstlichtung auf der Gartenschau. Er versuchte seine Nerven durch das Lesen von „Neubohns Krimihäppchen" zu beruhigen, aber die aufregenden Morde darin bewirkten das Gegenteil. Herr T. Odschläger las so gebannt, dass ihm die einbrechende Dunkelheit nicht rechtzeitig auffiel. Als er Neubohns Buch beiseite legte, verspürte er einen kalten Schauer auf dem Rücken. Das sichere Zeichen von Unheil. Aber hier waren doch wohl keine Mörder aus Neubohns Krimis unterwegs? Vielleicht doch? Aber noch mehr beunruhigte ihn das Gruselbuch von vorher. Ist die Talaue nicht früher sumpfiges Gebiet gewesen? Könnte es hier nicht doch Mooropfer, Sumpfgeister und Moorhexen geben? Fanden nicht die Ritualmorde in heiligen Hainen statt? Spähten nicht zwischen Bäumen mordlustige Augen nach ihm? Auf dem Gehweg erklang höhnisches Lachen. Kicherten nicht so Hexen? Vorsichtig blickte das nervöse Nervenbündel zu den beiden Gestalten, die in seine Richtung liefen. Sie trugen Besen! Also doch Hexen! Da blieb nur die Flucht! Von Panik gehetzt floh der Held dieser Geschichte weg von diesem ehemaligen Auengebiet. Rannte wie von Furien gehetzt Richtung Sicherheit. Überall begann es unter Bäumen zu rascheln, mordlustige Augen schienen nach ihm zu schauen. Baumzweige griffen nach ihm!

Wie durch ein Wunder entkam Herr T. Odschläger. Tage später fiel ihm Neubohns Buch: „Flammenfeder live von der Gartenschau" in die Hände und die mythologischen Stellen darin bestätigten ihn in der Ansicht, dass Moorhexen auf der Talaue ihr Unwesen trieben.

Überall erzählte er von seinen Schrecken. Eines Tages kam diese Erzählung auch zwei Straßenfegerinnen zur Kenntnis, die kichernd meinten: „Wir haben dort Nachts nie Hexen gesehen. Wir sahen aber oft Pärchen, die wohl anderes als Hexerei im Kopf hatten. Einmal sahen wir auch einen Verrückten, der in tiefer Nacht wild schreiend durch das Gelände rannte."

Rätselhafte Wunder

Bei vielen Gartenschauen wunderten sich die Besucher, warum jedes Mal früh morgens die Gehwege völlig unter Wasser standen. Wo kam nachts nur das viele Wasser her? Nächtliche Regengüsse kamen als Erklärung nicht in Frage, da die Blumenbeete und Wiesen keinerlei Feuchtigkeit aufwiesen. Aus diesem Grund schied auch die Möglichkeit aus, dass die Gärtner zuviel Wasser zum Blumen gießen verwendeten.

Dieses Rätsel beschäftigte schon viele Menschen. Doch als Autor von acht Gartenschaubüchern bin ich sozusagen Experte und dem Wunder auf die Spur gekommen. Um diese Lösung praktisch zu testen, schlich ich mich mit einer Infrarotkamera auf ein Gartenschaugelände, versteckte mich abends auf einem Baum und wartete gespannt. Die Zeit verging, nichts passierte. Hatte ich mich trotz meiner großen Erfahrung getäuscht? Die Temperatur sank, ich fror furchtbar. Sollte ich geschlagen heimgehen, bevor ich mich erkältete? Nein, für meine Gartenschau-Trilogie musste ich Fakten über diese seltsame Angelegenheit sammeln. Da! Der Fluss warf immer mehr sich verstärkende Wellen! Höher und höher schlugen sie. Zum Schluss bis hoch zum Gehweg. Aus den Wellen entstiegen Wassermänner und Nixen, welche dann über die überfluteten Gehwege staunend und bewundernd an den Blumenbeeten vorbeiflanierten. Nach einer Weile stiegen sie zufrieden seufzend in die Wellen und zogen sich mit dem Wasser zurück. Nichts kündigte mehr von ihrem Besuch, als nasse Gehwege. Sollten Besucher im Jahre 2019 oder 2020 bei einer Gartenschau auf feuchte Gehwege stoßen, so hat sich vielleicht dieser geheimnisvolle Besuch wiederholt. Denn es könnte ja sein, dass auch in anderen Seen oder Flüssen geheimnisvolle Blumenliebhaber leben.

Freude

Für mich sind Gartenschauen immer eine große Freude, eine Überraschung, auf die ich mich schon lange vorher freuen kann. So, wie in der Kindheit auf Weihnachten. Und sind dann z.b. die schönen Gartenschauen 2019 vorbei, kommen schon bald die vielversprechenden Gartenschauen von Überlingen und Ingolstadt. Während ich also genussvoll durch die aktuellen Gartenschauen schlendere, kann ich mich schon vorab auf die folgenden freuen.

Und es ist auch spannend: Lahr und Würzburg haben 2018 Maßstäbe gesetzt. Können 2019 die Gartenschauen mithalten? Was werden sie gleich oder anders machen? Wie werden 2020 die Veranstalter ihr Konzept angehen? Ähnlich wie 2018 oder wie 2019? Oder ganz anders? Es bleibt spannend!

Gartenschau Trilogie

Nach dem Buch ist vor dem Buch, wie es für Autoren wie mich passenderweise heißt. Meist beginne ich nach der Beendigung eines Buches sofort ein neues zu schreiben. Manchmal einfach ein unterhaltsames Buch, gelegentlich aber auch ein Buch, dessen Thema mir sehr wichtig ist. So, wie die Bücher der Gartenschau Trilogie. Denn ich finde es sehr beeindruckend, dass sich an der Rems 16 Städte und Gemeinden für ein gemeinsames Projekt entschieden haben. Ein sehr wichtiges, großes Ereignis.

Aber auch die Gartenschau in Heilbronn versprach schon im Vorbereitungsstadium Außerordentliches. Eine unvergleichliche Blütenpracht in stilvollem Ambiente. Diese beiden Gartenschauen wollte ich unterstützen, für sie werben. Aber wie? Ein reines Fachbuch über diese beiden Gartenschauen? Ein Bildband? Nein, ich entschied mich bedauernd dagegen. Zweifellos gab es in den zahlreichen Medien schon viele Berichte darüber und wahrscheinlich arbeitete auch bereits jemand anderes an derartig wichtigen Büchern. Aber was blieb mir dann? Wie konnte sonst für die Gartenschauen geworben werden? Wie sollten die Bürger neugierig auf diese Veranstaltungen gemacht werden? Wie ihr Interesse geweckt? Lange überlegte ich. Es lag mir sehr am Herzen, diese beiden außerordentlichen Veranstaltungen indirekt zu unterstützen. Da kam mir die Erleuchtung: Mit unterhaltsamen, heiteren Texten, in denen einiges von den Höhepunkten der Gartenschauen vorkam. Etwa die Kuben, die Remsterrassen usw. Die heiteren Texte sollten die Leser zu den Gartenschauen locken, um sich selber ein Bild der erwähnten baulichen Höhepunkte zu machen. Und es funktionierte. Schon viele Leute sagten mir im Vorfeld der Gartenschauen: „Als ich Ihre beschwingten Texte las, wurde ich sehr neugierig und wollte das Gartenschaugelände unbedingt mit eigenen Augen sehen. Mich davon überzeugen, ob die Anlagen dort wirklich so schön sind."

Und mehr wollte ich mit den vielen Büchern zu den Gartenschauen nicht erreichen. Die verschiedenen Textarten: Krimi, heitere Kurzgeschichten, Fantasy wählte ich deshalb, weil ja jeden Leser was anderes anspricht.

So viele Bücher zu schreiben war wirklich sehr harte, zeitraubende Arbeit. Doch jeder einzelne zusätzliche Besucher, den es zu den Gartenschauen bringt, hat diesen Arbeitseinsatz gerechtfertigt.

Große Anerkennung

Die Gartenschau 2019 an der Rems hat einen sehr, sehr großen Pluspunkt. Es wurde wert auf Nachhaltigkeit gelegt. Die Baumaßnahmen wie z.B. die Kuben, die Rems-Terrassen, die Kunstlichtung kommen den Bürgern auf lange Sicht zu gute. Noch Jahre nach der Gartenschau können diese Projekte von den Bürgern sinnreich genutzt werden. Diese Nachhaltigkeit ist sehr wichtig, da es den Kulturraum Rems bereichert.

Was ebenfalls sehr gut ist: Die Bauwerke können ganz allgemein genutzt werden oder auch als Hintergrund für spezielle Veranstaltungen. Sie sind also universell nutzbar und somit besonders wertvoll. Den Verantwortlichen daher an dieser Stelle ein sehr großes Lob!

Lesetipp:

Ralf Neubohn:
„Herzlich willkommen Gartenschau"

Drama um Herrn Besser-Weiss

Der Oberstudienrat Herr von und zu Besser-Weiss gehörte zu der Sorte der besonders pedantischen-rechthaberischen Menschen.

Aus irgendwelchen dunklen Gründen gelang es ihm, bei der Gartenschau eine Führung zu veranstalten. Die ihm anvertrauten Besucher stöhnten bald über seine trockene, belehrende Art. Diese einfach „oberlehrerhaft" zu nennen, wäre stark untertrieben gewesen. Als es ihm schon nach 30 Minuten erfolgreich gelungen war, den Besuchern jede Freude am Leben und an der Gartenschau zu nehmen, hielten sie an einem besonders schönen Pflanzenbeet.

Herr Besser-Weiss dozierte über die Wirkung von Heilpflanzen und wie sie schon seit Jahrhunderten die Menschen von ihren Leiden befreiten.

Erst kicherte ein Mädchen leise, bevor alle anderen laut schallend zu lachen begannen. Dem Oberstudienrat blieb vor Verblüffung die Spucke weg. Dass er Menschen zu Tode langweilte, machte ihm stets viel Freude. Aber dass er diese zum Lachen brachte, verwirrte ihn. Eine junge Frau gluckste kichernd: „Stimmt. Mit diesen Pflanzen wurden sicherlich schon viele Menschen von ihren Leiden erlöst."

Erst jetzt las Herr Besser-Weiss die Pflanzennamen: Schierling, Roter Fingerhut, Wolfsmilch, Küchenschelle, Tollkirsche, Herbstzeitlose und Bilsenkraut. Vor Scham wurde er so rot wie der Fingerhut und hätte am liebsten alle Pflanzen des vor ihm ruhenden Giftpflanzenbeetes gegessen!